私を月に連れてって

鈴木るりか

小学館

目次

私を月に連れてって

鈴木るりか

遠くへ行きたい

遠くへ行きたい。

一度もそう思ったことのない人はいないんじゃないだろうか。

最近この思いに強く囚《とら》われている。実際は遠くどころか、生まれ育ったこの区からほとんど出ていないのが現状だけれども。衣食住、すべて地元で完結している。それはそれでいいことなのかもしれないが。

「あー、大阪《おおさか》行きたい」

学校からの帰り道で佐知子《さちこ》が言った。

「なんで大阪？」

「大阪の師匠《ししょう》の弟子になるために決まってるじゃん」

当然といった顔で答える佐知子。

「えっ、何それ、なんの話？　しかも今時弟子って。いつの時代の話よ？」

「前に言ってたじゃん。私たちが漫才《まんざい》コンビを組んで世に出るって話」

そんなこと言ってただろうか。それよりふたりで起業する話はどうなったのだろう。去年の今頃《いまごろ》は、何か起業するという話が持ち上がっていたのだ。その「何か」を模索《もさく》しているうちに、ちょっとした出来事があってそのまま立ち消えとなり、今に至る。そう言われればその過程で、そんな話が出たような気もする。

「いやもし仮に漫才やるとしてもこの時代に弟子入りする人っているの？　今はみんな養《よう》成所《せいじょ》っていうのに入るんでしょ」

私と佐知子はお笑い好きで、だから佐知子だって知らないはずがないのだが。

「それね、結構《けっこう》お金かかるんだよ。年間四十万だったかな。二年でなんだかんだ百万ぐらいかかる。でも弟子入りしたらゼロ、どころか衣食住の面倒《めんどう》も見てくれるらしいよ」

「でもその代わり、朝早く起きて家の雑巾《ぞうきん》がけとか、洗濯《せんたく》とかしなくちゃならないんでしょ？」

「それはそうだけど」

「だったら落語家でもいいんじゃないの？　落語家なら今でも弟子入りが王道だから」

落語家なら個人プレイだから、佐知子だけでいいし、という気持ちもあった。

「いや、あの世界は上下関係とかめっちゃ厳しいから。それに上が支えているからそう簡単に上に行けそうもないし。第一、女の落語家ってなるのものすごく難しいんだよ。宇宙飛行士並《な》みの難しさだから」

そう言われるとほとんど聞いたことがない気がする。

しかしだからといって漫才コンビに、という話でもない。

「とにかく大阪に行きたいわけですよ、私は。中学卒業したらすぐにね」

だが弟子入り云々《うんぬん》は口実で、佐知子はただただ早く家を出たいだけなのだということを私は知っている。家族とうまくいっていないのだ。

佐知子は幼い頃に両親が離婚《りこん》し、母親に引き取られた。小学校低学年のとき、母親が再婚し妹も生まれたが、今は家庭内で孤立《こりつ》しているらしい。それはときおり佐知子が漏《も》らす言葉の端々《はしばし》に感じられた。

「孤独はいいんだけどさ、孤独感はたまらないんだよね。孤独を感じる心だよね。これはどうにもなんない。心が寂《さび》しさを感じちゃうとね、自分じゃもうどうにもできない。でも仕方ないよね、人間は心があるからさ。心がなけりゃもっとラクなのにって思うけど、そんなわけにはいかないから、そういうとき私はじっとしてるんだ。寂しさをやり過ごすにはそれしかないよ。下手に動くと逆効果なんだ。ますます孤独感が深くなる」

「人との仲って近くなったり遠くなったりするよね。昔あんなに近かった人をものすごく遠くに感じたりする。身内なのに、他人より他人に思えるときがある。遠く離《はな》れているのに近くに感じる人もいるけどね。やっぱり近くにいるのに遠く感じるのが一番きついよ」

こういうことを言っているときの佐知子は大人びて見え、私も佐知子の寂しさに少しだけ触《ふ》れる気がした。私にはどうしてあげることもできないのがもどかしい。

佐知子もただ家を出るだけなら別に都内だっていいのだろうが、どうせ離れるのならできるだけ遠くへ行きたいと思っているようだ。そこから逃《のが》れたい気持ちが距離《きょり》に表れている。

大阪かあ。そういえば小学四年の頃、友達の美希《みき》からＵＳＪのお土産《みやげ》をもらった。いかにもアメリカらしい陽気そうなキャラクターが描《えが》かれた大ぶりのマグカップだった。

「こりゃあいいわ、たっぷり入って。麦茶ががぶ飲みできる」

母はカップを手にそう言った。

「すっごく面白かったって、ＵＳＪ。私も行きたいよ、ＵＳＪ」

口を尖《とが》らせてみせる。

「それって大阪にあんだろ？　あーダメダメ、あそこはローマのヴァチカンと同じで、日本国内にあるお笑い独立国家だから、パスポートがないと行けないの」

いくら小学生とはいえ、こんな説明で納得する子がいるだろうか。それにローマからヴァチカンには、パスポートなしで行けるのだ。私の不審《ふしん》な眼差《まなざ》しを感じたのか、母はさらに続けた。

「それに昔大阪ではアンディ・ガルシアが、エラい目に遭《あ》ったんだからね。おっかないとこなんだよ」

母は自分の両腕《うで》を抱《かか》え込《こ》むようにしてさすり、大袈裟《おおげさ》に身震《みぶる》いした。

「えっ、何それ」

「あのときは健《けん》さんとマイケル・ダグラスも大変だった」

「そっ、それは映画の中の話でしょっ」

高倉《たかくら》健ファンの母は大阪を舞台《ぶたい》にした映画『ブラック・レイン』のＤＶＤを何十回も見ているのだった。

そんなふうに遠まわしに諦《あきら》めさせないで、「お金がないから無理」とはっきり言えばいいのに。

大阪へ行きたしと思へども、大阪はあまりに遠し。

いや実際はそんな遠くはないんだろうけど。新幹線に乗れば三時間もかからないらしい。

しかし日頃地元からほとんど出たことのない私と佐知子にとってはやはり遠いのだ。

「じゃあ高校はどうするの？」

「それは向こうに行ってから考える」

アバウトすぎる。この時点ですでに不安しかない。

「高校、別に行かないんなら行かないでいいし。私、勉強嫌《きら》いだしさ」

佐知子が足元の小石を蹴《け》る。こんなシーンでは、こうするしかないように。

「花《はな》ちゃんは、どうする高校。やっぱ行くよね、普通《ふつう》に」

顔を上げてこちらを見る。

「うん、まあ」

お母さんも、それを望んでるしなあ。

また過去の一幕が蘇《よみがえ》る。私が家で宿題をしていると、隣《となり》の部屋でテレビを見ていた母と大家《おおや》のおばさんの会話が聞こえてきた。

「親が立派すぎるのも、子供にとっては大きなプレッシャーだわなあ」

母が言った。東大出の官僚《かんりょう》の息子が何か事件を起こしたというニュースを受けての発言らしい。

「親も期待するだろうしね。周りも『優秀《ゆうしゅう》で当たり前』って目で見るからね」

口に饅頭《まんじゅう》でも入っているのか、大家さんがもごもごとくぐもった声で応《こた》える。

「その点、うちなんか何もないから。ノープレッシャーだから。花なんか気は楽だと思うよ。私がこれだからさ、普通に学校行ってくれてるだけで御《おん》の字よ。高校なんかどこへ入ってもその時点で親越《こ》えてるからね。我が家に換算《かんさん》したら、もう東大くらいの価値があるよ。このハードルの低さったら、いやもう地べたに転がってるからね、ハードル」

「猫《ねこ》も簡単に跨《また》いでいくわな」

ゲタゲタと笑い合う声。なんにせよ、母が私の高校進学を望んでいることは確かだ。となるとやっぱり都立だよなあ。来年はもう受験生だし。

佐知子と別れたあとも、そんなことを考えながら家まで歩く。

アパートに着いてドアを開けると、麦茶を煮出《にだ》した香ばしい香りがした。玄関《げんかん》の叩《たた》きに黄土色《おうどいろ》のサンダルがある。大家さんのだ。平日だが母は今日、仕事が休みだと言っていた。

帰ってきたとき、家にいてくれるのは嬉《うれ》しいが、それが度々《たびたび》だと仕事がないのかと少し不安になる。もしかしたら体の調子があんまりよくないんだろうか。

母は工事現場で働いているが、最近は昔ほど力仕事をしていない。資材の片付けや車の迂回路案内《うかいろあんない》の仕事を回してもらっているが、以前より疲《つか》れが取れにくいと言っている。

「毎年夏がくるたびに思うんだけどさ、麦茶ってなんでこんなに安いの？　こんなに美味《おい》しいのにさ。これなんか五十六袋《ふくろ》も入ってて百五十八円だよ。ひと袋三円しないんだよ。それでヤカンにたっぷりなんて、もしかして水より安いんじゃないの？」

興奮気味の母の声がした。いつものことだが、おしゃべりに夢中になっていて、私が帰って来たことに気がついていないらしい。

「まったくだよ。国産大麦使用でこの値段ってさ、麦だって蒔《ま》きっぱなしってわけにいかないだろ。水もやれば肥やしもやらなきゃいけない。それを『熱風焙煎《ばいせん》方式で芯《しん》まで焙煎』って、どれだけ手をかけてるんだか。熱風焙煎方式って聞いただけで、汗《あせ》が噴《ふ》き出るよ。そんな暑いつらい思いしてさ、それでこの安さって一体どうなってんだよ」

「大麦生産農家と麦茶製造会社にひたすら感謝だね。しかもここ見てみぃ。『今なら抽選《ちゅうせん》でクオカード三千円分プレゼントキャンペーン中』だって。もうええって、そこまでしてくれなくても。なんならこっちが三千円プレゼントしたいくらいだよ。いや、やらんけどね、気持ちは、ね」

「そうそう、人間、そういう気持ちが大事です」

「もし私が何かお店をやるとしたら、断然麦茶カフェだね。ドリンクは麦茶のみ。元が安いから、儲《もう》けが厚いと思うんだよね」

「緑茶専門カフェがあるそうだから、案外いけるかもよ。ノンカフェインで体にもやさしいし」

「どうも今の世の中は麦茶を軽《かろ》んじているように思うね。どうにもほかのお茶類に比べて地位が低いよ。みんなもっと麦茶をリスペクトすべきじゃないか、と切に訴《うった》えたい」

「これほどまでに麦茶に熱い思いを持っているのは、私らと松島《まつしま》トモ子《こ》ぐらいのもんじゃないだろうかね」

麦茶だけで、よくここまでしゃべれるものだと思う。

「ただいま」

「ああ、お帰り。暑かったろ？　麦茶あるよ」

聞こえてたよ。

「松島トモ子って誰《だれ》？」

「えっ、知らんの？　やっぱそうかね、今の子は。昔、麦茶のＣＭやってた人だよ」

大家さんの言う「昔」は、大体三十年単位だ。

「昭和《しょうわ》の女優さんだよぉ」

三十年以上前だった。

「それでライオンに食われかけたんだよ、松島トモ子。それも二回。二回目はヒョウだったかな」

「えええっ。なんで？」

「ライオンやヒョウは肉食動物だからだよ。彼《かれ》らにとって、人間は所詮《しょせん》食物でしかないんだよ。どんな有名人だろうが、大統領だろうが、私らみたいな一般人《いっぱんじん》であろうが関係なく、みんな食料なんだよ。だからライオンやヒョウに遭ったら気をつけろってことだよ」

「そういう話だったんかいな」

ゲラゲラ笑い合う母と大家さん。なぜ我が家の昭和は終わらないのだろう。

このふたりも今住んでいる北区から日頃ほとんど出ていない。大家さんは、年に一、二回、信用金庫や商店街のご招待《しょうたい》で日帰りバス旅行へ行く程度で、母は仕事をしているせいもあるが、休日でも遠出をすることはない。私と旅行をしたこともない。

「お母さんは、どこか遠くへ行きたいと思ったことはない？」

制服を着替《きが》え居間に来て尋《たず》ねてみる。

「なんだよ、唐突《とうとつ》に」

「いや、別にちょっときいてみただけ」

「漂泊《ひょうはく》の心、ってやつか。ヒョウハクって言っても白くするんじゃあないよ。さすらい歩くほうね。松尾芭蕉《まつおばしょう》だよ」

「学があるのう。あたしゃキッチンハイターしか思い浮《う》かばなかったよ」

大家さんが厚焼きせんべいを、いい音を立てて食べながら言う。保険の利かない、高い歯を入れたとこの前聞いた。そのせいか、最近また少し太ったようだ。

「お母さんは小さい頃に、あちこち漂泊しまわったからもういいよ。今はひとつところに落ち着いてよかったと思ってる」

「あたしもそうだね。今更《いまさら》遠くになんか行きたくないよ。そのうちいやがおうでも、遠くへ行かなきゃならないからね、あの世からお迎《むか》えが来てさ」

「いや、まだまだ先でしょ」

「それはわからんよ。人の一生なんて儚《はかな》いもんよ」

「人の夢と書いて、儚いと読む、か。パンツは穿《は》いても、人生は儚い」

「うまいっ」

我が家のいつもの展開。麦茶を飲むと懐《なつ》かしい夏の匂《にお》いが口から鼻に抜《ぬ》けた。


六月に入ってすぐ中間テストがあった。今週はその答案が次々返ってくる。

「テストってダイエットと同じだよね」

休み時間に佐知子がしみじみ言った。

「ん？　その心は？」

「どちらも頑張《がんば》ったときは結果が楽しみだけど、サボったら結果を見るのが恐《おそ》ろしい」

「なるほど」

「花ちゃんはいいよ。できるからさあ」

「そんなことないよ」

と言いつつ、今のところまああの成績なのでほっとしている。

「でもさ、先生は定期テスト対策を二週間前に立てて計画的に勉強しろって言うけどさ、二週間も前からテスト勉強始めても、二週間経《た》ったら最初に覚えたこと忘れてんだよね。

だったらそんなに早くに準備始めても意味ないと思わん？　どうせ忘れちゃうんだから、覚えても無駄《むだ》だと思うんだけど」

「うーん」

「だから私が高校なんか行っても、無駄だと思うんだよね。それより早く社会に出て、世の中のもっと大事なものを学びたい。そして多分それは大阪にある」

「う、うーん。そうかなあ」

本気なのだろうか、大阪行きの件。

チャイムが鳴り、次は国語の授業だった。国語は今回のテストで一番自信があったので、少し楽しみだった。佐知子の言ったことは当たっているかもしれない。返されたテストは九十七点だった。

「すごいね」

休み時間、最近の席替えで隣になった石井《いしい》君が声をかけてきた。

「あ、ごめん、さっき返されたテスト、見えちゃったから」

そう言う彼も成績はいい。学年でいつもトップ争いをしている。囲碁《いご》クラブに入っているおとなしめの男子だ。

「田中《たなか》さんは、どこの塾《じゅく》行ってるの？」

「どこも行ってないよ」

「えっ、本当に？　すごい、それであんな点数取れるなんて、すごいよ」

石井君は、本当に心底驚《おどろ》いたように目を見開いた。

「そうかなあ」

「そうだよ、じゃあ塾に行ったらもっとできるようになるよ。H高校も余裕《よゆう》なぐらいに」

都立トップ高校の名を挙げる。

「うーん、でもそこ、歩いては行けないよね」

「北区から歩きは無理だよ」

「自転車でもいいんだけど」

「いや、それでもロードレース並みの距離はあるよ。何より交通量の多い道だから危険だよ」

「遠いとタイヤも減りが早いだろうしね」

「田中さんの学校選びのポイントってそこなの？」

「それだけじゃないけど、重要なことだよ」

遠くへは行きたいが、学校は近いほうがいい。

「でも田中さんなら、頑張ったらどこでも行けると思うよ。そうだ、僕《ぼく》が今通ってる塾、体験授業やってるんだよ。一度来てみれば？」

石井君が眼鏡《めがね》の真ん中のブリッジを右手の中指でくいっと押《お》し上げて言う。

「うーん、塾かあ」

「あ、もちろん体験だけなら無料だから。そのあと断ってもいいし。田中さんは今、学校の勉強でわからないとこがあったらどうしてるの？」

「それはうちのアパートの二階に、K中学でトップだった男の人が住んでるから、その人に聞いてる」

「K中？　優秀な人なんだね。すごいなあ」

K中と聞いて、石井君の顔つきが変わった気がした。

「その人、今何してるの？」

「何って、家にいるよ、毎日」

「在宅？」

「まあ、宅には在しているね」

「在宅ワークか。かっこいいね。トレーダーかなんか？」

賢人《けんと》はかっこよくもないし、トレーダーでもない。ただのニートだが、石井君にそこまで言う必要はないと思った。

「うーん、よくわかんないけど」

「でもそんな人に教わってるんじゃ塾より高いんじゃない？」

「ううん、別にお金とかは払《はら》ってないんだ。たまにうまい棒《ぼう》とかチョコパイとかあげると喜ぶけど」

「へえ、欲《よく》のない人なんだね。本業で十分儲けてるからかな」

石井君は激《はげ》しく誤解しているようだったが、いちいち訂正《ていせい》するのも面倒なのでスルーした。

「でも塾もいいよ。ほかの中学の友達もできるし、刺激《しげき》にもなるしね。うちの塾は先生方も熱意に溢《あふ》れてて、進学相談や精神面でもきめ細かいサポートがあるし、教室の雰囲気《ふんいき》もとってもいいんだ。一度体験授業だけ受けてみたら？　明日パンフレット持ってくるよ」

それほど気乗りはしなかったが、せっかく親切に言ってくれているので、無下《むげ》に断るのも悪い。「うん、ありがとう」と言っておく。

佐知子が来て、私の腕を引っ張り教室の隅《すみ》に連れて行く。

「隣の眼鏡と何話してたの？」

「今行ってる塾が無料体験やってるから、受けてみないかって言われて」

「ああ、Aゼミナールでしょ。あそこすごく厳しいんだってよ。クラスも成績によって分けられてるんだって。しかもテストのたび、入れ替えするとか聞くよ」

「そうなんだ」

「そうだよ、よしなよ、そんなとこ。花ちゃんはできるんだから塾なんか必要ないよ」

そう言う佐知子は週二回、塾に行っている、というか佐知子の成績を見かねた母親に通わされている。厳しい進学塾ではなく補習中心のゆるいタイプのところであるらしい。塾通いしている割にパッとしない佐知子の成績からもそれは窺《うかが》い知れた。

「でもなかなかいい塾らしいよ。熱心に勧《すす》められちゃった」

「それってもしかしたら、勧誘《かんゆう》して入塾させれば、ひとりにつきいくらかのクオカードとか図書カードとかもらえるんじゃないの？　絶対そうだわ。ねずみ講と同じじゃん。ふんっ、ねずみ講ヤロウめ。決めたっ。今日から私はやつのことをねずみ小僧《こぞう》と呼ぶよ」

そう言って石井君を険しい目つきで睨《にら》みつける佐知子。

「いやあ、でも行かないと思うよ。多分」

次の日、約束通り石井君が持ってきた塾のパンフレットを見ると、なるほど確かによさそうな塾だ。もっともパンフレットにはいいことしか書いてないものなのだろうが。

「これが体験授業の申込書だよ」

差し出された用紙を見て、私の目が惹《ひ》きつけられたのは『今なら全員に特製ノートセットをプレゼント』という箇所《かしょ》だった。ノート一冊ではない。色違《ちが》いで三冊もくれるという。そういえば社会のノートが残り少ない。でも無料で勉強を教えてくれた上にノートまでくれるなんてアヤしい。親切すぎる。罠《わな》だろうか。

「これ、体験したら入らなくちゃならないってことはないよね。断ってもいいんだよね」

念を押してきく。

「もちろんだよ。塾にも相性があるからね。僕がいいと思っても、ほかの人がそうとは限らない。そこを確かめるために体験授業があるんだから。僕だって、何校か見学や体験をした上で決めたんだよ。きちんと断れば、どの塾もしつこく勧誘することはないから大《だい》丈夫《じょうぶ》だよ」

それを聞いて安心した。早速その夜、母に話をしてみる。

「へえ、そういうのがあるんだ。いいじゃん。行ってみれば？」

「うん、ノートもくれるって言うし。体験だけで断っても平気だって」

「もし本当に気に入って、花が通ってみたいって思ったら行ってもいいんだよ、塾」

意外な反応だった。

「ノートだけもらってトンズラだ」とでも言うのかと思っていたから。

「ホントに？　いいの？」

「いいに決まってるさ。お母さんはそういうこと全然わかんないからさ、花が見て、やってみたいと思ったら入ればいいさ」

そう言われて急に心が軽くなった。どの道入らないとしても、ダメとわかっていて体験に行くのと、いいと言われて行くのとでは違う。

早速次の日、石井君に体験希望を伝えると、顔を輝《かがや》かせて「それなら明日はどうかな？　僕も授業がある日だから一緒《いっしょ》に放課後そのまま行けばいいよ。塾にも伝えておくからさ」と言う。

明日は部活がない日だからちょうどいいが、いつも一緒に帰っている佐知子にはどう言おう。下手に隠《かく》してあとで知られたら面倒なことになると思ったので、正直に話しておくことにした。

「えっ、体験行くの？　花ちゃん、ねずみ小僧が好きなの？」

「なんでそうなるかな？　ただどんなとこか見てくるだけだよ。タダだって言うし」

「いいけどさあ。後悔《こうかい》しても知らないよ。気がついたらねずみ講の一員になってたとしても知らないからね」

「普通の塾でしょ」

そう言っても佐知子は唇《くちびる》を尖らせて、わかりやすく不満顔になった。佐知子がこうして拗《す》ねるのはたまにあることだった。

翌日の放課後、石井君とAゼミナールに向かう。駅前のビルの二階という、いい場所にあった。儲かっているのだろう。通う人が多いのは、いい塾の証拠《しょうこ》か。一階は歯科医院だった。

二階の受付に行くと貼《は》り紙が壁《かべ》一面にあった。誰がどこに受かったか、貼り出されている。ほかにも「○○中学・○○君、中間テスト数学98点」「○○中学・○○さん、中間テスト英語97点」などの中に「○○中学・○○君、中間テスト数学八十点アップ！」というのもあり、一体元はどれくらいの点数だったのかと思うようなものもあったが、一番多く名前が出ていたのは石井君だった。すべての教科で最高得点を取っていた。

「へえ、すごいねえ」

素直な感想を口にすると、石井君は耳まで赤くなった。

今日使う教材を渡《わた》され（これももらえるらしい）、教室に案内された。石井君も受けている授業だという。ほかに十人ほど生徒がいた。

「石井君、おはよう」

髪《かみ》の長い女の子だった。朝でもないのに「おはよう」と言う人を初めて見た。

「おはよう、吉澤《よしざわ》さん」

石井君も自然に応えているので、ここはそういう流儀《りゅうぎ》なのかもしれない。

「体験の人？」

「そう、同じ中学の田中さん」

「ふうん」

女の子の視線に刺《とげ》を感じる。

「入りたいんですか？　うちの塾」

「まだわかんないけど」

ノートをくれるから、とは言えなかった。

「うちの塾、特にこのクラスは結構厳しいんですよ。授業内容もハイレベルだし。まずこのクラスに入るのが難しいし」

「田中さんは大丈夫だよ。今だって塾行ってないのに成績いいんだよ」

「ふうん」

いかにも面白くなさそうな声だった。

「石井君、これ」

今度は別の女の子が、石井君の机の上にチョコパイを置いた。

「いつもありがとう、小塚《こづか》さん」

いつももらってるのか。礼を言われた女の子は頰《ほお》を染めて首を振《ふ》った。

「石井君、この前話したこれ、持ってきたよ」

また別の女の子が文庫本を差し出す。

「ありがとう。読み終わったら持ってくるね」

「あ、いいの。うち、二冊あるから」

「もしかして、わざわざ買ってきてくれたの？　新しいの、僕のために」

女の子は返事の代わりににっこり笑って俯《うつむ》いた。

石井君、何やらここではモテているらしい。学校では成績こそ常にトップグループに入っているが、そのほかは別段パッとしないので、「モテ」のイメージはまったくない。部活は囲碁クラブで中肉中背、顔も悪くはないが印象に残らない「その他大勢」顔、受験科目以外は苦手なようで、絵画や書では校内コンクールでも入選したことはないし、特に体育は悲惨《ひさん》だった。球技でも陸上競技でも、全身の伝達回路がうまくつながっていないかのような珍妙《ちんみょう》な手足の動きを見せ、女子の笑いの種になっていた。走るのも「わざとセーブしているのかな」と思うほど遅《おそ》い。

故《ゆえ》に「頭はいいけど、ダサい人」と認定されている。

だが学力の評価が絶対である塾においては、石井君は無双《むそう》なのだった。人間誰しも、どこかに必ず輝ける場所があるというのは本当らしい。

チャイムが鳴り先生が教室に入ってきて授業が始まった。若い男の先生だった。「受験数学」という講義名の通り、実際出題された受験問題を解くようだ。中学二年で受験の問題が解けるのだろうかと思ったが、要所を押さえた先生の解説が無理なく無駄なくわかりやすく、「さすがプロ、餅《もち》は餅屋だな」と上から目線で感心させられた。

最初は九十分という授業の長さに不安を覚えたが、実際受けてみると、思っていたより早く終わった。楽しかったからだろう。確かにいい塾かもしれない。

そのあと、私はまた受付に行きアンケートを書かされ、事務の人から塾の説明を受けた。強くではなかったが、勧誘めいたことは言われた。最後に体験記念のノートセットをもらって外に出てくると、石井君が待っていてくれた。もうすっかり暗くなっていた。午後八時近い。

「どうだった？　授業受けてみて」

並んで歩きながら石井君が訊《き》く。六月の夜はまだ涼《すず》しく、よその家の生垣《いけがき》のジャスミンが甘《あま》く香っている。

「わかりやすいし、思っていたより楽しかったよ」

「よかった。じゃあ来る？　来月からでも」

石井君の声が弾《はず》む。確かに母は気に入ったなら行ってもいいと言ってくれたが、肝心《かんじん》なことを聞くのを忘れていた。

「一ヶ月どれくらいなの？　授業料とかって」

「今僕が行っているコースは、週三回で五万だったかな」

「ごっ、五万っ」

声が出ると同時に、頭に「ナシだな」と浮かんだ。

「ほかに冷暖房《れいだんぼう》費用と教材費、教室維持《いじ》費もかかるけど」

「教室維持費って何？」

「トイレを使ったり、とかかな」

そんなことにもお金を取るのか。

「あと最初に入塾金もね」

そこまで聞くと完全に心が離れた。一ヶ月の授業料だけで我が家の食費を凌駕《りょうが》している。塾のために飲まず食わずになるわけにはいかない。

「夏期講習や冬期講習っていうのもあって」

石井君は説明を続けたが、気持ちはすでに遠くへ行ってしまっていた。

「ちょっと考えさせて」

「もちろんだよ。ほかの塾の体験も受けて、授業内容とか講師陣《じん》とか教室の雰囲気とか比べた上で決めたほうがいいし。塾も相性があるから」

そういうことじゃないんだけど。

「田中さんは将来の夢とか、進路はどんなものを希望しているの？」

進路と聞いて、真っ先に佐知子が言っていた「大阪で師匠に弟子入り」が頭をよぎるが、あれは佐知子の夢であって、私の希望ではない。

「まだ決めてないけど。石井君は？　将来やりたい仕事とかあるの」

「僕は弁護士になりたいんだ」

「すごい。石井君ならなれるよ。うちのお母さんが『知り合いに欲《ほ》しいのは医者と弁護士』ってよく言ってるもん。医者や弁護士が知り合いにいるってだけで、人生の強度が何割か増す、って。もし私がなんかやったら、石井君、そのときは弁護してよ、格安で」

石井君が声を立てて笑い「田中さんは面白いなあ」と言った。

「幸裕《ゆきひろ》？」

後ろから声がして、ふたり同時に振り向くと制服姿の男の子が立っていた。

「やっぱり幸裕だ。久しぶり」

「ああ、ほんと、久しぶり」

石井君の友達らしい。

「今帰り？　遅いね」

石井君が訊く。

「塾行ってたから」

「僕たちも塾の帰りなんだ」

「へえ、そうなんだ」

男の子が私のほうを見たので、反射的に会釈《えしゃく》する。

「学校、どう？　やっぱ授業の進み方とか早いんだろ？」

「もう中学課程の学習は終わったよ」

男の子がさらりと答える。私立に行ってるのかな。

「さすがだなあ」

「大変だけどな。まあなんとかやってるよ。学校自体は楽しいんだ。男ばっかだけどな。あ、ごめん、俺《おれ》、親が車で迎えに来るから」

「ああ、またな」

男の子は私にも軽く頭を下げると、横断歩道を小走りで渡り、行ってしまった。

「前に塾で同じクラスだったんだ」

男の子が消えていった道の向こうを見ながら石井君が言う。

「そうなんだ」

再び歩き出す。

「中学受験専門の塾でね、ユウマは、あ、さっきのやつね、受かったけど、僕はダメだったんだ、K中学」

「あ」

賢人が行っていた男子校だった。賢人の話が出たとき、K中と聞き、石井君の顔つきが変わったことを思い出した。

「三中に入学してからも、K中生じゃない自分っていうのを全然受け入れられなくてさ。小学三年から塾に行って頑張ってきたからね。ずっと引きずってて、街中でK中の制服を見たら落ち込んだし、通ってた塾の前を通るのも嫌《いや》だった。前にもユウマを街で見かけたけど、思わず隠れたこともあったんだ。そんな自分が惨《みじ》めで嫌でまた落ち込んだりして。でも今日は平気だったよ。田中さんがいてくれたからかな」

「まあ、数の上では勝ってたよ」

石井君が声を立てて笑った。

「完全に吹《ふ》っ切れたわけじゃないけど、今は三中でもよかったと思えるようになってきたよ。K中に行ってたら、田中さんとも会えなかったしね」

「私は女子だからね」

「んー、そういうことじゃなくて。まあいいや。そういえば田中さんはラインとかやる？」

「ライン？　ううん、スマホとか携帯《けいたい》持ってないから」

「えっ、そうなんだ。持たない主義とか？」

「そんな立派なもんじゃないよ。だって結構かかるでしょ、通話料とか」

「そうでもないよ。家族割引きや学生割引きをうまく利用すればそんなにお金はかからないよ」

「そうなの？」

「うん、家の人に聞いてみたら？　便利だよ、やっぱり。連絡《れんらく》取りやすいし、受験の情報も集めやすいし、塾の評判も調べられるし。使い方次第だけど勉強にも活用できるから、恩恵《おんけい》のほうが大きいって僕は感じてるよ。コミュニケーションツールとして絶対持っていたほうがいいよ」

「そうだね」

「スマホ買ってもらったら教えて。ラインできれば、塾のこととかすぐ連絡入れられるし」

いつの間にか買う流れになっているが、以前から私もスマホのことは気になっていた。いつかは、と思っていたが、そろそろなのかもしれない。

遠回りになるからいいよ、と言ったのに、石井君はわざわざ家の前まで送ってきてくれた。

「あのアパートの一階なんだ」

明かりがついている。

「一階っていうのもあるけど、うち、暑くなると虫がよく入ってくるんだ。でも今年はまだ六月なのにやけに多くて、お母さんと、地球温暖化とか異常気象の影響《えいきょう》かなって話してたんだけど、よく見たら網戸《あみど》に大きな穴があいてたの。大家さんに言ったら、すぐに新しいのに取り替えてくれたから、今年の夏は快適に過ごせそうだよ」

石井君が笑った。今日はとてもよく笑う。学校にいるときよりもずっと。笑顔は誰のでもいいものだと思う。

「うちの上に住んでるのが、この前話した男の人、賢人ね」

「ああ、Ｋ中出身の。真っ暗だね。留守かな」

「いや、寝《ね》てるときあるから、もっと早い時間でも」

「在宅ワークだと、仕事に区切りがつけにくくて不規則になるって言うもんね。寝られるときに寝とくのかもね」

寝られるときというか、賢人の場合、一日中寝ていたってなんの支障もないのだけど、別にそこは言わなくてもいいか。

石井君に送ってくれた礼を言い、家に入ると、私の好きなものばかり食卓《しょくたく》に並んでいた。

「お帰り、お帰り、ご苦労さん。どうだった？　塾は」

母がご飯をよそいながら訊く。

「うん、楽しかったよ」

からあげを頬張る。うちのからあげはニンニク多めの味付けでご飯が進む。お腹《なか》が減っていたので胃袋にしみるようにうまい。

「そっか、それならよかった。じゃあ通ってみる？」

「それはもうちょっと考える。あ、そうそう、塾の人に言われたんだけど、保護者の方にも説明があるので一度こちらにお越しください、って」

「えっ、お母さんが？　お母さんはいいよ。お母さんが行ってもよくわかんないしさ」

「別にお母さんが授業を受けるわけじゃないよ。ただ話を聞くだけだよ」

それでも母は「うーん」と言って、色の褪《あ》せたエプロンの裾《すそ》を握《にぎ》って首をかしげている。

母は勉強にまつわるエトセトラが苦手なのだった。学校の三者面談でも、必要以上に緊《きん》張《ちょう》する。「ちゃんとしなきゃ、と思う心がそうさせる」と本人は言っているけれど。

「それでね、塾の体験を勧めてくれたクラスの子から、スマホ持つといいよって言われたんだ。受験にもいろいろ役に立つ情報が得られるからって」

「そっか。スマホのことはお母さんも考えてたんだよ。仕事で遅くなるときも、連絡取りやすいし。中学になるとほとんどの子が持ってるんだろ？」

「うん、でも通信料のこととかあるから無理しなくていいんだけど」

「今は安い機種やプランもあるって、職場でそういうの詳《くわ》しい人がいるから聞いてみるよ」

そう言う母はいまだにガラケーで、ほとんど仕事関係でしか使わない。

だがスマホが持てるようになるのは素直に嬉しかった。

これも石井君のおかげだな。頭もいいし、性格もよさそうだ。でもその石井君でもダメだったんだ、K中。改めて賢人って優秀だったんだ、と思い、私の中での賢人の地位がホバークラフト程度に浮上《ふじょう》した。

次の日、学校へ行くとすぐに佐知子が飛んできて「昨日、塾の体験どうだった？」と訊いてくる。

「結構よかったよ、塾の雰囲気も先生も。授業もわかりやすかったし」

「ふうん」

あからさまに不満な声だった。

「あ、そうそう、私も今度スマホ持つかも」

「ホントに？」

佐知子の顔が明るくなる。

「石井君が受験の情報を集めるのにも便利だって言うから」

「またあいつ？　やつに言われたから持つことにしたの？　今まで私だってずっと『スマホいいよ。花ちゃんも持ちなよ』って言ってきたのに。塾だってうちに来ればいいのに。結局そうなんだよね。男子だったら結婚して家族になれるけど、私はなれないもんね、いくら花ちゃんのことを思っても。そうしていつか遠くに行っちゃうんだよ、みんなそうだもん」

ぷいっと背を向ける佐知子。時々佐知子はこういうことを口にして私を困惑《こんわく》させる。

「大袈裟だよ。それにスマホ持ちたいなって思ったのは、一番に佐知子とラインやメールをやりたいと思ったからだよ」

「ホントに？」

振り返った佐知子に頷《うなず》いてみせるとほっとした笑顔になった。

数日後、家に帰るとスマホがテーブルの上に置いてあった。ちゃんとピンクのスマホケースに入っている。

「うわあ、スマホだ」

思わず見たままの感想が出る。

「今日早めに仕事が終わったから携帯ショップに寄ってきたんだよ」

母もなんだか嬉しそうだ。

「ありがとう」

手に取ると一気に今時の子になった気がした。

「でも高かったんじゃない？　ホントにいいの？」

「いやあ、ちょうどキャンペーンやってたからそれほどでもないよ。プランも一番安いのにしたし」

「やっぱりそういうのあるんだ」

「お店の人がいろいろ説明してくれたんだけど、よくわかんないからさ、とにかく一番安いのにしてくださいって頼《たの》んだら、そっから先は話が早かったよ。余計なものは一切つけない、超《ちょう》シンプルなプランにしたから。でも電話をかけたり受けたりはもちろんできるし、メールとか、あとなんだっけ、ラインっていうのもできるって。一ギガの範囲内《はんいない》で」

「一ギガ」

そう言われても、それが一体どれほどのものかピンと来ない。クラスのみんなが「ギガがどうのこうの」と話しているのを聞いたことはあるが、一ギガより小さい数字を耳にしたことはないから、多分これが最低なのだろうというのはわかる。まあいいや。今までが「無」だったのだ。たとえ一ギガでも、これは私にとっては大きな一ギガなのだ。

佐知子は定額の『使い放題』というプランだと言っていた。いくらかけてもメールやラインをしても同じ料金らしい。つまり佐知子は食べ放題で、私は決められた量の定食なのだ。もっと食べるのならお金を払わなくてはならない。多分クラスでスマホを使っているほかの子たちも制限のないプランなのだと思う。だがこれもいつものことだ。みんなと同じようにしようとするが、どこかが違ってしまう。それが私だ。

小学校高学年のとき、『瞬速《しゅんそく》』という有名メーカーの運動靴《うんどうぐつ》が流行《はや》った。速く走れるともっぱらの評判だった。特殊《とくしゅ》開発されたゴム底が、地面からの反発を高めながらも衝撃《しょうげき》を吸収し、蹴り出すと同時に一気にパワーが炸裂《さくれつ》するという、何やらとてつもない機能を備えた靴らしかった。クラスのほとんどの子がこれを履《は》いていた。

私も『瞬速』が欲しいと母に頼むと、「まかしとけ。探しとくよ」と言って買ってきてくれたのは『迅速《じんそく》』だった。スーパーの表に出ているワゴンの中で見つけたという。もうそこからして違う。『瞬速』はそんな売られ方はしない。

「これ『瞬速』じゃないよ。『迅速』だよ。私が欲しかったのは『瞬速』だよ」

「『迅速』だって、速いって意味だろ？　仕事場で上の人が施工主《せこうぬし》によく言ってるよ。『迅速に対処致《たいしょいた》します』ってさ。『豚足《とんそく》』じゃないんだから、これだってきっと速く走れるさ」

『豚足』のほうが、笑いが取れるからまだましな気がする。『迅速』は『瞬速』に寄せている分、いじましい感じがした。おそらく安かったのだろう。『瞬速』の半額、いやそれ以下かもしれない。類似品にご注意ください、とよく書かれているアレだ。ご注意どころかうちはそれをこっちから探し出して買ってきているのだった。

救いは商品名がローマ字表記されているところだ。本家の『瞬速』も、靴の外側にローマ字で書かれている。これならなんとかごまかせるかもしれない。『迅速』を履いている日は、それと悟《さと》られないように、常に飛んだり跳《は》ねたりしていた。それで体のバネが鍛《きた》えられたのか、運動会の徒競走では一位になれた。母は「ほらー、やっぱり速く走れたじゃないか」とドヤ顔をしたが、『瞬速』だったら、二位にもっと大差をつけて勝てた気がする。それに比べたら、このスマホは佐知子と同じメーカーのものだ。ただプランが違うだけで。なんの不服があろうか。

「ありがとう、お母さん」

もう一度心から言った。

翌日、学校にスマホを持っていく。本当は学校にスマホを持ち込むのは原則禁止で、持ってくる場合は親の同意書が必要だった。その場合、朝先生に預けなければならないのだが、ほとんどの子は同意書などなしでこっそり持ってきているのだった。

昼休み、佐知子と家庭科クラブの活動を装い、家庭科準備室にこもって、ラインのやり取りができるようにしてもらう。メール設定は、昨夜自分でやっておいたが、佐知子によるとラインがあればメールはほとんど必要ないという。知らないうちに、世の中はそういうところに来ているらしかった。

「これは私と花ちゃんだけのラインだよ。これで私たちはつながったよ。二十四時間いつでもつながれるんだよ」

佐知子は軽く興奮していたが、私はイマイチまだラインの仕組みがわかっていなかったので「へえ」としか言えなかった。

次の休み時間に、石井君にもスマホを買ってもらったことを伝える。

「じゃあメールやラインができるね」と言うので「わからないからやってくれる？」とこっそりスマホを渡すと、石井君はひどく驚いた様子で、次に嬉しそうな顔になった。

「スマホごと渡してくれるなんて信用されてるんだね。ちゃんとしなきゃ」

別にそういうわけでもないのだけど、こういうものは詳しい人にやってもらうのが一番なのだ。

石井君はスマホを教科書に隠すようにしてどこかへ持って行き、すぐに戻《もど》ってきた。

「これで使えるよ。試しにメールとラインに短文を送ってみたから、あとで見てみて」

あっと言う間にみんなに追いついた。思っていたより簡単に。意外となんでもこんなものなのかもしれない。

帰宅すると、母はまだ帰っていなかった。部屋の中より外のほうが涼しくて気持ちがいいので、アパート前の花壇《かだん》の縁《ふち》に腰掛《こしか》けスマホを開く。

確かに石井君からメールとラインが届いていた。両方、『初めまして。こんにちは』とある。「初めまして」というのもなんだかおかしいが、スマホでは「初めまして」ということなのだろう。私も『こんにちは』と短く返す。佐知子からもラインが来ていた。犬のイラストがコミカルな動きをしている。スタンプというやつらしい。佐知子も石井君も左の丸い枠の中に写真があった。そこから漫画の吹き出しのように文字が出ている。佐知子はオレンジ色の花の写真で（キンセンカのようだ）、石井君はどう見ても石だった。石井だからか。これは自分で決められるらしい。私は何にしようか。とりあえず写真を撮《と》って、などと考えていたら佐知子からまたラインが届く。『もう、家？』とある。『うん、家』と返す。「いいね」と親指を立てている犬のイラストが届く。この実のないやり取りがいかにも女子中学生っぽくっていいじゃないか。

ロリン、という着信音がして見ると石井君からもラインが来ていた。青い紫陽花《あじさい》の写真が送られてきた。『家の庭に咲《さ》いています』とある。石井君は庭付きの家に住んでいるらしい。『綺麗《きれい》な色ですね』と返す。

佐知子には、石井君ともラインをしていることは言っていない。別に言う必要もないだろう。佐知子から『今日のオヤツ』と、笹団子《ささだんご》の写真が送られてくる。『渋《しぶ》いっすね』と返す。面白い。これは確かにハマるなあ、と思う。再び着信音がして、見るとまた石井君からの写真だった。青いシャツを着た石井君本人が写っている。黒いピアノの前に座っていた。画面に矢印があったので指で触れてみると写真が動き出し、石井君がピアノを弾《ひ》きながら歌い始めた。動画も送れることと、石井君の歌で二重に驚かされる。

『フラワー&フルーツ。君は芳《かぐわ》しい白い花。瑞々《みずみず》しい果実。夢の中でも香るよ』

石井君が画面の中で、気持ちよさそうに歌っている。ピアノ、上手だな。習ってるのかな。

『フラワー&フルーツ。君は芳しい白い花。瑞々しい果実。南の国の夢を見る』

誰の歌なんだろう。聴《き》いたことがないけれど、流行ってるのかな。

「何、それ」

上から声が降ってきて、びくっとして見ると賢人だった。

「あー、もうなんだ、賢人か。びっくりするよ、もう」

「スマホ、買ったの？」

「あ、うん、昨日買ってもらったばっかりなんだけど」

「ふうん、君もついに向こう側の人間か」

賢人がつまらなそうに言う。

「へ？　別に今まで賢人側の人間ってわけじゃなかったけど？」

賢人はスマホを持っていない。仕事もしていないし、友達もいないから必要性がないのだろう。同じにしてもらっては困る。

「それよりその歌、オリジナル？　フラワー&フルーツって、花と実、つまり君のことじゃないの？」

「ええっ」

言われてみれば、確かに花と実、花実《はなみ》だ。

「君に捧《ささ》げるラヴソング、か。すごいな。セレナーデか。昔は窓の外で歌って聞かせたって言うけど、現代ではこういうスタイルになるんだな。でもその場限りのセレナーデと違って今は映像が残るからね、永遠に。いつしか過去の恥部《ちぶ》になって、死ぬほど後悔するんだよ」

賢人が顔を近づけてスマホ画面を覗《のぞ》き込み、勝手に画面の矢印に触れた。また石井君の映像と歌声が再生される。

「完全に酔ってるなあ、自分に。自己陶酔《とうすい》の極み。相当なナルシストだな。こいつが死んだあとに水仙《すいせん》が生えてくるんじゃないか。水仙ナル男と命名しよう」

どうして石井君は、ねずみ小僧とか水仙ナル男とか、ろくな言われ方をしないのだろう。いい人なのに。しかし賢人がこんなふうに意地の悪いことを言うのも珍《めずら》しい。

「何それ？」

「知らない？　ギリシャ神話だよ。おのれの美しさにおのれで酔っちゃって死んだ哀《あわ》れでおバカな少年の話」

「それは知ってるけどさ。この子、この前流れで賢人の話が出たとき、K中出身って聞いて『優秀な人なんだね。すごいなあ』って言ってたんだよ。結構尊敬してるふうだったのに」

「えっ、そうなの。ごめん」

顔を赤くして俯く。叱《しか》られた小さい子供みたいだ。私よりずっと歳上《としうえ》なのに、時々歳下のように感じることがある。妙に子供っぽいところがあるのだ。だからきっとスマホを持った私に嫉妬《しっと》しているのだろう。

「賢人も欲しいなら買ってもらえばいいじゃん、スマホ」

「やだよ。俺はそういうものに支配される人生を送りたくないの」

じゃあどんな人生がいいの、と聞き返したかったがやめておく。こうしてふたりで話している間にも、頻繁《ひんぱん》にラインの着信音がする。

見ると石井君がまた動画を送ってきていた。今度は自分の部屋らしい室内でぎこちなく手足を動かしている。『勉強の合間にストレッチをしてリラックスしています』とカメラ目線で言っている。ストレッチなのか、これ。ライン自体は無料だが、動画などを見るとかなりギガが減ると聞いたことがある。

石井君の動画で貴重なギガを食われてもかなわんな、と思った。

佐知子からも短いラインがいくつか届いていたが、とりあえず石井君のストレッチ動画に、うさぎが笑っているスタンプを返す。スマホ画面にポツリと水滴《すいてき》がついた。慌《あわ》てて拭《ふ》き取る。雨が降り出したので、家の中に入る。二階の賢人が部屋を動き回っている気配がする。干しっぱなしのパンツでも取り込んでいるのだろう。

しばらくすると本降りになった。雷《かみなり》も鳴っている。空もひどく暗い。

お母さん、大丈夫かな、と思っていたら勢いよくドアが開いた。

「いやあ、濡《ぬ》れちゃったよ。天気予報当たったなあ。信じて折りたたみ傘《がさ》、持ってきゃよかった」

頭にタオルを乗っけた母が言う。全身ずぶ濡れだ。タオルの意味あるのかな。

「お帰りなさい」

「君は運動靴が二枚おろしになることを知っているか?」

「は?」

「ほれ、これ、このように」

母が左右の手に、スニーカーときれいに剥《は》がれたゴムの靴底を持って見せる。

「うわっ」

「いや、ちょっと前からね、パカパカしてたから接着剤《せっちゃくざい》つけて履いて上から圧をかければまだもつかな、なんて思ってたんだけど、やっぱダメだったワ。雨に濡れると特に剝がれやすくなるみたいだな。急に『足冷たっ』と思ったらもろにアスファルトを感じるわけ。見たら靴底がなくなってんの。左右両方とも。振り返ったら、まるで漫画の足跡《あしあと》みたいにこのゴム底が道の上に残されててさ、お母さんの歩幅《ほはば》そのまんまに。まさに『足跡《そくせき》を残す』ってやつだよ。でも家のすぐ近くだったからよかったよ。運がよかった、ラッキーだったよ」

びしょびしょに濡れた靴下を脱《ぬ》ぎながら、嬉しそうに言う母を見て、『幸せはいつも自分の心が決める』と誰かが言っていたのは真実だなあと思った。

そしてやはり一ギガは大切に使おうと改めて心に誓《ちか》ったのだった。

それからしばらくしても、体験授業を受けた塾からは案じていたようなしつこい勧誘もなく、石井君からも何か言ってくることはなかった。

その代わりと言ってはなんだが、ラインで石井君から塾に行く途中《とちゅう》で見た夕日や、庭に飛んできた青い小鳥の写真、ギターの練習をする動画、日々感じたことを綴《つづ》った長文が頻繁に送られてきた。そのたびに短いコメントかシンプルなスタンプを返しておいた。ライン人格というのがあるのかわからないが、普段はおとなしい石井君がスマホの中ではとても饒舌《じょうぜつ》でアグレッシブだった。

佐知子とも連絡が取りやすくなり、スマホの利便さ、恩恵を改めて感じた。休日や放課後、遊びに行く際もフルに活用した。と言っても、ふたりして相変わらずこの近辺をうろつくだけだったが。

ある日佐知子が「行ってみたいところがあるんだけど」と言う。

「どこ？　自転車で行けるとこ？」

「うん、行けるよ。同じ北区内。私が小さい頃住んでいたアパートなんだけど。お母さんとふたりで」

六月の土曜日の午後だった。午前中降っていた雨も上がり、淡《あわ》い青空が広がっていた。

私たちの移動手段はもっぱら自転車だった。足代がかからないのが最大の魅力《みりょく》だ。だがちょっと前に学校で恐ろしい話を耳にした。同じクラスの男子ふたりが、駅前のハンバーガーショップに行ったとき、有料駐輪《ちゅうりん》場に入れるお金を惜《お》しんで、路上に停《と》めておいたところ、食べ終えて戻ってくると自転車が消えていたというのだ。

瞬間「盗まれた」と思ったが、近くにあった『区の条例に基づき、違法自転車を撤去《てっきょ》しました』という立看板が目に入る。日付は今日だ。呆然《ぼうぜん》としていると、目の前にあるラーメン店から出てきたオッサンに「もしかしてお兄ちゃんたち、ここに自転車置いといたのかい？ ついさっきトラックが来て積んでっちゃったよ。ここにあったの全部、根こそぎだ。最近、取締《とりしま》りが厳しくなったとかで、区が決めた放置禁止区域に置かれた自転車は即《そく》持ってかれちまうんだよ」と言われたそうだ。

看板には、自転車の移送先の地図と、返却《へんきゃく》の際に必要なものとして、身分証明書や自転車の鍵《かぎ》、それに移送手数料五千円と書かれていた。

五千円。何ギガ分に当たるのだろう。最近の私はすぐギガに換算して考えるようになっていた。五千円の手数料は実に痛い。

そのふたりの男の子を知っているだけに、この話は余計に現実味をもって胸に迫《せま》る。そのときのふたりの心情が、私には手に取るようにわかるのだ。肩《かた》を落としてトボトボと家に帰る姿。ついさっき美味しく食べたハンバーガーも、苦い胃液とともにせり上がってくるようだろう。そして親に事情を話し（多分そこでお説教も食らう）、お金をもらい、保管所に向かうときの虚《むな》しさ、足取りの重さ。

その自転車保管所なら私も知っている。どんよりとした緑青《ろくしょう》色の川沿いの、かなり広い敷地《しきち》に、ぎっしり自転車が置かれている。そこは川が近いからか、いつも唸《うな》るような風が吹きつけ、荒涼《こうりょう》としていて、まるで自転車の共同墓地のようだった。山のように積み上げた自転車をトラックから下ろしているのを見たこともある。

僅《わず》かなお金を惜しんだばっかりに、あとでその何十倍もの損失を被《こうむ》る。それは私と佐知子がいかにもやってしまいがちなことに思えた。

そのふたりは私たちだったかもしれない。自転車を撤去され、しょんぼりとうなだれて家路に就く佐知子と私の後ろ姿がありありと目に浮かぶ。身に迫るという点で、それはどんな怪談《かいだん》よりも恐ろしく感じた。

「ホントだよ。五千円あったら、夜行バスで大阪まで行けちゃうよ」

佐知子は佐知子で、何かと言うと高速夜行バスの料金に当てはめる傾向《けいこう》にあった。大阪へ行くなら、夜行バスが一番得だという。あの話はまだ諦めていないらしい。

学校というのは、こうした生きた情報を得られるのがいい。学校の勉強は今のところ「役に立った」という実感はないが、こういった話は実に有益だ。

以来、私と佐知子は安心して自転車が置けるところにしか行かなくなった。今日も佐知子と児童館へ行って卓球でもするか、という話になり待ち合わせしていたのだった。けれど佐知子の思いつきのような提案に、ちょっと興味がそそられる。

「いいよ、行ってみようよ。でもなんでそこに行きたいの？」

「アパートの花壇にさくらんぼの苗木《なえぎ》を植えたんだよね、お母さんと。住んでいた頃は実をつけなかったんだけど、今はだいぶ大きくなっただろうから、さくらんぼがなってるかと思ってさ」

「おっ、いいね」

そういえば昔、私も賢人とアパートの前の庭に桃《もも》の種を埋《う》めたのを思い出した。実がなるどころか、芽が出る気配すら一切なかったが、あれはあのまま土中で腐《くさ》ってしまったのだろうか。花が咲いて実をつけるのを楽しみにしていたのに。

花と実、というワードから石井君の歌声が脳裏に蘇り、一瞬ぞわっとする。

「行こう、行こう、行ってみよう」

振り払うように元気な声で言ってみる。

佐知子のあとに付いて自転車を漕《こ》ぐ。うっすら汗ばんだが、初夏の風が心地よかった。十四年暮らした街だが、初めて通る道ばかりだった。二十分ほど走ると佐知子が自転車を止め「あそこだよ」と指差す先にくすんだクリーム色の建物があった。二階建ての木造モルタルアパートで外階段がついている。私が住んでいるアパートによく似ていた。

「あの一階ね、右端の角部屋」

それも同じだった。

「あっ、ある。さくらんぼの木、あったよ。あそこ」

確かに桜に似た葉を茂《しげ》らせた木があった。思ったより小さい。私の背丈《せたけ》ぐらいだ。

アパートの横に自転車を並べて停め、木のそばに行く。

「あれ？　なってないね」

葉っぱをかき分けて佐知子が言う。枝にさくらんぼはついていなかった。

「時季間違えたかな。もう収穫《しゅうかく》しちゃったのかな」

そう言いながらも諦めきれないのか、佐知子が枝という枝を手で確認するようにさする。

「何してるの？」

後ろで声がして、まるで窃盗《せっとう》の現場を取り押さえられたみたいにぎくりとする。

振り向くと、アパートの一階のベランダから女の子がこちらを見ていた。猫のイラストがプリントされた黒いTシャツを着て小首をかしげている。

「あっ、私、昔ここに住んでてこの木を植えたの。どうなったかな、と思って見に来たんだ」

佐知子が明るい声で答える。

「へえ」

女の子はニコニコしている。細面《ほそおもて》で髪が長い。年齢《ねんれい》は同じくらいか少し下に見えた。

「さくらんぼ、もう取っちゃったの？」

佐知子の問いに、女の子は左右に首を振って「わかんない」と言った。

答えに幼さを感じた。

「花は咲いた？　さくらんぼの花」

今度は私が訊いてみた。

「花？」

女の子はまたさっきと同じように首をかしげる。

「白っぽい花だと思うんだけど」

私も実際にさくらんぼの花は見たことがないのだが、図鑑《ずかん》では確か白かったように思う。

「わかんない」

ニコニコして答える。佐知子と顔を見合わせる。ふたりでベランダに近づく。

「私、小さい頃この部屋に住んでたんだよ。お母さんと」

「お母さんと？　私もお母さんと住んでるよ」

「じゃあおんなじだ」

佐知子の顔が輝く。

「いくつ？」

私が訊く。

「ん？」

「歳、年齢だよ。私たち十四歳で中学二年なんだけど。王子三中のね。このへんだと四中かな」

「ちゅうがく」

「学校だよ。中学、どこに行ってるの」

「中学、行ってない」

また佐知子と顔を見合わせる。

不登校だろうか。別に珍しくはない。うちのクラスにもそういう子はいる。

「おやつ」

女の子が細い腕をにゅっと差し出す。うまい棒が握られていた。

「えっ、くれるの？」

女の子がこくりと頷く。大好きなシュガーラスク味だった。佐知子にも同じものをくれた。

「ありがとう」

受け取り、封《ふう》を切って食べる。

「美味しい」と言うと、女の子が嬉しそうに笑った。

「今、ひとりなの？」

女の子が頷く。

「お母さん、お仕事？」

またこくり。

「じゃあ私たちみんな同じだね」

佐知子が言ったが、佐知子は二人家族ではない。母親の再婚で今は父親と妹、祖父母も近所に住んでいる。それに佐知子の母親は専業主婦だ。

「名前は？」

「のんちゃん」

大きな声で答える。ノゾミとかノアだろうか。

「私は佐知子で、あ、幸せな子って書くスタンダードな幸子じゃなくて、佐藤の佐を知ってる子って書くの。こっちは、花ちゃん、本名花実。花が美しいじゃなくて、花と実、フラワー&フルーツね」

佐知子の口からあのフレーズが出てきて一瞬動揺《どうよう》する。佐知子が石井君のオリジナルソングを知っているわけがないのに。

「サチコ、ハナちゃん」

女の子がニコニコして言う。

「そうそう」

なんとなく嬉しくなる。

「ねえ、よかったら一緒に遊ばない？　遊ぶって言ってもせいぜい児童館か図書館行くくらいだけど。あ、サミットでもいいよ。あそこのイートインコーナーでパンとかお菓子《かし》とか買って食べられるから。奢《おご》るよ、さっきのうまい棒のお礼に。飲み物はタダだからね、お水もお茶も」

佐知子も嬉しそうに言う。だがのんちゃんは首を横に振った。

「なんで？　そんな遅くならないよ」

「外、出ちゃダメだって、お母さんが」

「留守番してなきゃならないの？」

「留守番じゃなくて、外へ出ちゃいけないの。ダメなの、絶対。怖《こわ》い目に遭うって、お母さんが」

佐知子とまた顔を見合わせる。これで今日何度目だろう。

「もしかしてずっと家にいるの？」

首を大きく縦に振るのんちゃん。

「どれくらい？　何ヶ月とか、もしかして何年とか？」

「ここに来てからずっと。その前からずっと」

鼓動《こどう》が嫌な感じに速くなる。佐知子もさっきまでの笑顔が消えていた。

「もしかして幼稚園《ようちえん》とか、小学校も行ったことないの？」

またこくりと頷く。これは相当ワケありのようだ。

「学校行きたい？」

私が訊くと、のんちゃんは首をかしげ「わかんない」と言った。

「でも外ならちょっとぐらい出ても大丈夫なんじゃない？」

のんちゃんが激しく横に首を振る。

「お外には怖い人がいるから絶対に出ちゃダメだって、お母さんが」

「怖い人」

さらに心臓がドキドキしてくる。佐知子の瞬《まばた》きが激しくなる。佐知子が何かを考えているときの癖《くせ》だ。

「じゃあ友達もずっといなかったの？」

「いるよっ」

急に元気な声になって、のんちゃんは部屋の奥《おく》に引っ込み、何か手にしてすぐに戻ってきた。

「この子」

いかにも手作りらしい人形だった。髪は茶色い毛糸、目は黒ボタン、口は赤い糸で半円の刺繍《ししゅう》がしてあった。花柄《はながら》のワンピースを着ている。

「りんちゃん。いつも一緒。小さい頃からずっと」

「そ、そうなんだ」

佐知子は言葉に詰《つ》まっている。

「じゃあ私たちもりんちゃんみたいにお友達にしてくれない？」

私が言うと「いいよ」と明るく即答してくれた。

「お母さんは何時頃帰ってくるの？」

「遅く。暗くなってから」

「ひとりで寂しくない？」

「うん、大丈夫、お母さんが帰ってくるから」

「そうだよねっ、お母さんが帰ってくるから、ひとりで待ってても全然寂しくなんかないよね」

佐知子が力強く言う。目が少し潤《うる》んでいるように見える。

「のんちゃん、お母さんのこと、好きなんだね」

「うん、大好き」

佐知子が目の縁を赤くして、ずるりと洟《はな》をすすった。

「のんちゃんは、ここに来る前はどこに住んでいたの？」

「向こう」

西の空を指差す。

「ここにはどうやって来たの？　電車とか車？」

のんちゃんは頷き、「いっぱい、いっぱい乗ってきた」と言った。

「のんちゃんの苗字《みょうじ》って何？」

「苗字？」

「えっと、名前の上に付いてるやつ」

「のんちゃんは、のんちゃんだよ」

身長からすると、私たちと同じぐらいかと思ったが受け答えが幼すぎる。学校にまったく行っていないからだろうか。

「ずっとひとりで家にいて何をしているの？」

「りんちゃんと遊んでる」

「テレビとかは見ないの？」

「テレビ？」

「えっと、つけると絵と音が出る四角いやつ」

スマホを持ってないどころの話じゃなかった。のんちゃんはテレビを知らないらしい。

「ラジオはある。お母さんが帰ってきてつけてくれる」

「そ、そうなんだ」

「だからのんちゃん、歌いっぱい知ってる」

そう言ってのんちゃんがハミングし出すが、なんの歌かはわからなかった。佐知子が私の腕をつついて、耳打ちする。

「これって、なんかやばくない？」

うん、と答えながら私も胸騒《むなさわ》ぎが収まらない。

「お母さんはお仕事、何しているの？」

ずっと質問攻《ぜ》めになってしまっているが、のんちゃんは笑顔のままで特段不快にも面倒にも思っていないようだった。

「お店屋さん。帰りにのんちゃんの好きな食べ物、たくさんもらってきてくれる」

飲食店だろうか。

「お昼ご飯はどうしているの？」

「お母さんが作っていってくれる。おにぎりときゅうりとカニカマ」

栄養バランスが気になるが、のんちゃんは「食べ物の中でカニカマが一番好き」と言った。

「うん、美味しいよね、カニカマは。私も好きだよ」

佐知子の言葉に「まだあるよ。たくさんあるよ」と、また奥から持ってくるのかと思ったら、「こっち来て」と手招きする。

佐知子が戸惑《とまど》った目で、私を窺っている。そんな私たちをよそに、のんちゃんは窓を全開にし、「こっちこっち」と言っている。私たちは頷き合って、ベランダを乗り越え(ちょうど花壇のそばにビールケースが置いてあったので踏《ふ》み台にした)、窓から中に入った。

六畳《じょう》の和室に敷《し》きっぱなしと思われる布団がひと組あり、小さい折脚《おりあし》テーブルの上にお菓子や水筒《すいとう》が置いてある。その周りを囲むようにして折り紙やブロックや絵本やクレヨンが転がっている。雑然としているが不潔な感じはしなかった。洋ダンスの上にラジオがある。のんちゃんが言うようにテレビはないようだ。

隣が台所で、中型の冷蔵庫があった。のんちゃんはそこを開けると、カニカマを持ってきて、封を切らないままのそれをテーブルの上に置いた。一瞬見えた冷蔵庫の中は、あまりものが入っていないようだった。

「どうぞ」

「え、あ、ありがとう」

改めて近くでのんちゃんを見ると手も足も棒のように細くて、華奢《きゃしゃ》な体つきをしていた。

「せ、せっかくだからいただこうか」

佐知子が封を開ける。セロハンが巻かれたそれをひとつ手に取り食べてみる。

「久しぶりにカニカマ食べたけど、やっぱ美味しいわ」

佐知子が言い、私も頷く。のんちゃんが嬉しそうな顔になる。のんちゃんが期待している目で見てくるので、ふたりで「美味しい、美味しい」と言ってひと袋食べきる。飲み物が欲しかったが、所望していいものかどうか、と躊躇《ちゅうちょ》していると、佐知子が「お水飲んでいい？」と聞き、のんちゃんが台所からコップを二つ持ってきて水筒の水を注いでくれた。氷が入っていたのか、冷たくて美味しかった。

「のんちゃんは、ずっとお母さんとふたりで暮らしているの？」

「うん」

「お父さんは？」

「いないよ」

「そっか。私もそうだよ。お父さんに会いたいと思う？」

激しく首を横に振る。

「お父さん、怖い人。見つかったら、私とお母さん、叩かれる」

驚くと同時に「やはり」という思いがあった。佐知子の瞬きがまた激しくなる。

「でもお母さんがいるから大丈夫。お母さんがいればのんちゃんは元気」

「そうだよね、そうだよね。お母さんとふたりっきりがいいよね、やっぱり」

佐知子の目がまた潤んでいる。

「明日は日曜日だけど、のんちゃんのお母さんもお仕事お休み？」

「うん、お休み。お休み、好き」

「そういうときは出かけたりするの？　お母さんと」

「ううん、ずっとお部屋にいる。お休みはお母さんがずっといてくれるから好き」

「お母さんと出かけたりしないんだ。つまんなくない？　それで楽しいの？」

「うん、お母さんとお話したりお絵描きしたり、本も読んでくれるからすっごく楽しい」

「のんちゃんはお母さんが本当に大好きなんだね」

佐知子がこらえきれず、ハンカチで目を押さえる。

「うん、大好き」

嘘《うそ》のない、心からの笑顔には強さがある。

「でもさ、その大好きなお母さんとお出かけできたらもっと楽しいと思うよ。ふたりでいろんなとこに行って、いろんなものを見て、話して感じて。ふたりなら楽しさ倍増だよ」

「うーん」

私の言葉にのんちゃんが少し考え込む顔になる。

「のんちゃんは、どこか行きたいとこないの？」

「行きたいとこ？」

「うん、ここ行ってみたいなあ、ってとこ。日本でも外国でもいいけど。ちなみに私は大阪ね。遠ければ遠いほどいいんだけど」

のんちゃんはまた「うーん」と言って腕を組み、いかにも考え込んでいるようだった。

「象さんの滑《すべ》り台のある公園」

ぱっと明かりがついたような笑顔で言う。

「象さんの？」

私と佐知子の声が重なる。

「うん、ここに引っ越してきてすぐに一度だけお母さんが連れて行ってくれた。象さんの大きな滑り台がある公園」

ここらへんで思い当たるのは明日山《あしたやま》公園しかなかった。

「ひょっとして明日山公園のこと？　ここの、すぐ近くにある」

そこまで言いかけて佐知子が口をつぐんだ。もしかしたら佐知子もあのことを思い出したのかもしれない。

ちょうど一年前、私たちは明日山公園でちょっとした騒ぎを起こし、警察のご厄介《やっかい》になっていたのだった。それは文字通り、手を煩《わずら》わせて、「ご厄介」になっただけのことで、私たちには非がないと思っているのだが、人に胸を張って聞かせられる話でもない。私たちの間では闇《やみ》に葬《ほうむ》り去ったアンタッチャブル案件なのだった。それを払拭《ふっしょく》するかのように佐知子が、

「そんな近くの公園じゃなくてさ、もっと遠くの、例えばドリーミングランドとかさ、USJとかないの？」

明るいトーンで訊く。

「象さんのいる公園は遠いよ。お母さんとたくさん歩いて行ったもん」

「でもさ、あそこって小さい子の遊ぶ遊具しかないでしょ。私らぐらいだったら、もう物足りなくない？　面白くないいんじゃない？」

「ううん、すっごく面白かったよ。象さんの滑り台何度もやったし、ブランコにも乗った。

お母さんが背中を押してくれて、空がすぐ近くにあるくらい高いところまで行ったよ。お砂場でお山も作ったし。おっきいお山。お母さんが真ん中に穴を開けてトンネルにしてくれたんだよ。お母さんはなんでもできるんだよ」

「そんなに明日山公園好きなら、これから行ってみない？　三人で。まだ時間早いし。すぐそこだもん」

　のんちゃんの顔が途端《とたん》に曇《くも》る。

「それはダメ。のんちゃんはお外に出られないの。外にはのんちゃんを狙《ねら》っている怖い人がいるから」

「でも外は楽しいよ。いろんなものを見て聞いて、面白いものたくさんあるんだから。ずっと家の中ばっかりなんてよくないよ」

　佐知子の言葉にのんちゃんが、わあっと声を上げて泣き出す。

　幼い子供のように全身で泣いている。

「ああ、ごめん、ごめん。私が悪かった。のんちゃん、ごめん。変なこと言って」

「お母さん、またいつか連れて行ってあげるって言ったもん。いい子にしていれば。お母さん、そう言って約束してくれたもん」

のんちゃんがしゃくり上げながら言う。のんちゃんにとっての明日山公園は、私たちのドリーミングランドやＵＳＪみたいなものなんだろう。距離の問題ではない。

「うん、うん、そうだよね。お母さんと行く明日山公園が一番だもんね」

佐知子がのんちゃんの背中をさすりながら言うと、ようやく収まる。

部屋の隅にあるスケッチブックに目が止まる。めくってみると、クレヨンで花や猫や、手をつないでいるのんちゃん母子《おやこ》らしい絵が描かれていた。

「のんちゃん、絵描くの好きなの？」

「うん、大好き」

笑顔が戻る。

「私らも好きだよ。来週の美術、水彩画《すいさいが》だったよね」

佐知子が私に確認するように言うと、

「ビジュツ、スイサイガ」

のんちゃんがつぶやく。

「絵を描いたり、小刀で木を彫《ほ》ったり、粘土《ねんど》でいろいろ作ったりするんだよ」

「へえ」

のんちゃんが興味を持ったようなので続けた。

「絵だけじゃなくて、学校はほかにも料理や裁縫《さいほう》も教えてくれるし、みんなで運動したり歌を歌ったりするんだよ」

「そうそう、数学とかの主要教科はヤだけど、実技系は楽しいよね。全部実技系になったらいいのに。毎日美術と家庭科だけでいい」

「のんちゃん、絵、描くの大好き。絵、習ってみたい」

佐知子と顔を見合わせる。

「のんちゃん、学校行ってみたい？」

深く頷くのんちゃん。

「ここらへんは四中だと思うけど、希望すれば三中に来られるかもしれないから、そしたら同じ学校だよ。私らは家庭科クラブだけど、絵が好きなら美術クラブもあるし。同じ学校なら遊ぶときも集まりやすいし、なんならトリオになってもいいしね。今三人組っていうのも多いから」

「トリオって？」

「だからぁ、トリオって昔からあったけど、今また増えてきてるじゃん。コントとか漫才とかでも。のんちゃん、天然っぽいから、三人でやるのもいいかな、って。去年『L』で優勝したのもトリオだったし」

Lというのは、女性芸人限定の賞レースだ。佐知子はあの話をどこまで本気で考えているのだろうか。

「で、優勝したら、賞金一千万は三人で上手く分けられないから、ひとりの取り分は三百三十三万円で、端数《はすう》はみんなのおやつ代にしようよ」

と、スケールが大きいんだか小さいんだか、よくわからない話をする。佐知子は何かあると、すぐにいいほうに妄想《もうそう》が膨《ふく》らむタチなのだ。

「うん、のんちゃん、学校行く」

声に力強さがあった。

「お母さんに頼んでみなよ、学校に行かせて、って。のんちゃんが一生懸命《いっしょうけんめい》頼んだら叶《かな》えてくれると思うよ」

のんちゃんの笑顔が、空気を抜かれた風船みたいにしぼむ。

「ダメだと思う。お母さんはのんちゃんが外へ出るとものすごく怒《おこ》る。とっても怖い顔になる。絶対に許してくれない。のんちゃんのためだから、って言う。のんちゃんはお外へ出ちゃいけない子なんだって」

「そんなのおかしいよ。普通じゃないよ」

思わず言ってしまって、はっとする。ひどいことを言ってしまったかもしれない。

「あ、きっとお母さんはのんちゃんのことが心配なんだね。それだけ大事に思ってるんだよ」

佐知子がフォローしてくれる。

「私なんかどこへ行こうが何しようが、野放しだもんね。もう行き先も訊かれないもん。なんなら死んじゃってくれてもいいやぐらいに思ってんじゃない？　それも悲しいから、のんちゃんのほうがずーっといいよ」

それはそれで気になる佐知子の発言だったが、のんちゃんの表情は変わらない。

「学校には行ってみたいけど、お母さんが悲しむのはやだ」

佐知子も私も黙《だま》ってしまった。どうしたらいいんだろう。のんちゃんが注いでくれた水を飲む。

「のんちゃん、もしかしてこのお部屋に入れてくれたのって私たちが初めて？」

「うん、そだよ」

「どうして？　どうして私たちを入れてくれたの？」

「仲良しになりたかったから」

のんちゃんの顔が再び輝く。くすぐったいような温かい気持ちになる。

「もう私たちは仲良しだよ、もう友達だよ」

佐知子が「そうだよ、もうトリオだよっ」と続ける。

区が放送している夕焼けチャイムのメロディが流れてきた。

「そろそろ行かないと。うち、お母さん帰ってくるし」

立ち上がると、佐知子も「そうだね」と腰を上げる。

ふと気がついて、私たちの使ったコップは流しで洗って元のところに戻しておいた。

「のんちゃん、今日私たちが来たことはお母さんには内緒ね」

「なんで？」

「まだ言うのはちょっと早いから。もっともっと仲のいい友達になって、お母さんを驚かせてあげようよ」

「うん、わかった」

私が今考えていることを実行するには、母親にまだ私たちの存在を知られないほうがいいと思った。

のんちゃんに「また来るからね」と約束して、私たちは入ってきたときと同じようにしてベランダから出た。

「ねえ、これはやっぱりあれだよね」

赤信号で止まると、佐知子の自転車が隣に来て言った。

「うん、そのことはまたラインで話そう」

ラインは便利だな、と改めて思った。

その夜、言った通り佐知子とラインでやり取りした。

『のんちゃん親子、父親のDVから逃《に》げているんだと思う。母親が言う怖い人っていうのは自分の旦那《だんな》さんのことなんだよ。それでのんちゃんを学校へ通わせると居場所がバレちゃうから、行かせないいんじゃやない？　父親に見つかるのを恐れて、外にも出さないいんだと思う』

ラインで送ると、すぐに既読《きどく》がついて返信が来た。

『私もそう思う。前にテレビでそういうの見たことある。でもなんとかならないのかな？』

『新聞で読んだんだけど、のんちゃんみたいな親子を保護するシェルターがあるんだって』

『それは私も聞いたことがある。シェルターの場所や入っている人たちの個人情報は秘密にしてくれるんでしょ』

『そうそう、子供はそこから学校へ通えるんだよね』

『のんちゃんのお母さんは知らないのかな？』

『それはわかんないけど、中にはそういうところに入るのを嫌がる親もいるみたいだよ』

『だとしてものんちゃんがあのままでいいわけないよ。私たちは教育を受ける権利がある、って社会科で習ったじゃん』

『そうだよね。特に義務教育なんだもん。親には子供に教育を受けさせる義務があるんだよ。それに何よりのんちゃん自身が学校に行くことを望んでるんだから』

『だよね。でもだとしたら私たちにできることは？　のんちゃんのために私たちができることって？』

『警察か児童相談所に相談だと思う』

『警察はなんかちょっと。児童相談所がいいと思う』

『やっぱりそうだよね。そのことで明日会えないかな』

ＯＫというスタンプが返ってきたのを見て横になる。

隣では母がすでに眠《ねむ》っていた。軽くいびきをかいている。母はひどく疲れると、いびきをかく。時々苦しそうな唸り声を上げることもある。のんちゃんの母親も、一日たっぷり働いて、疲れきってのんちゃんの横で眠っているのだろうか。

雨が降り出したようだ。

夜、静かな雨の音を聞きながら寝ていると、絹糸のように細く輝く雨に母子でくるまれていく気がする。もしこの世界にふたりきりだったとしても、全然寂しくない。のんちゃんもそんなふうに感じることがあるだろうか。

そんなことを考えているととろりと眠くなってきた。


翌日は雨も止《や》み、ぴかぴかに輝く気持ちのいい青空が朝から広がっていた。昼ご飯を家で食べたあと、佐知子と待ち合わせた公園へ自転車で向かう。佐知子はもう来ていて、木《こ》陰《かげ》のベンチに座っていた。八重のクチナシの甘い香りがした。雨上がりは特に強く匂う気がする。

私のスマホが一ギガしかないことを知っている佐知子は、調べ物は全部任せてと言って、自分のスマホで児童相談所のことを検索してくれた。

「あー、今日は日曜だから北区の児童相談所の相談窓口はやってないみたい。平日の九時から午後五時までだって」

「平日の五時までかあ。明日は部活あるから無理でしょ」

「でも二十四時間対応してくれる電話番号が載《の》ってるよ。ここにかければ一番近い児童相談所につないでくれるって。相談は匿名《とくめい》で大丈夫だって」

「そこいいじゃん。そこにしよう」

私たちは電話で話す内容をあらかじめ紙に書き出し、その番号にかけてみた。もちろん佐知子のスマホで。すぐにつながり女の人が出た。やさしそうな声でほっとする。佐知子が私にも聞こえるようスピーカーにしてくれたのだ。

「あの、うちの近所に中学生ぐらいの女の子が住んでるんですが、一度も学校へ行ったことがないみたいなんです。ええ、小学校も中学校も。不登校じゃなくて。ええ、ずっと家の中にいるみたいです。全然外に出してもらえないらしくて。でも本人はすごく学校へ行きたがっているんです」

佐知子は昨日私たちが見たこと、聞いたことを話した。前もって紙に書いておいたので、スムーズに伝えられたと思う。最後に女の人がのんちゃんの住所を訊いてきたが、佐知子が元住んでいたアパートなので、それにも問題なく答えられた。

「よろしくお願いします」

スマホ画面をタッチし、ふうっ、と佐知子が全身で息を吐《は》く。

「ちょっと緊張しちゃった。腕の筋肉が痛いよ。力が入っちゃってたみたい」

「お疲れ様。私も隣にいるだけでなんか緊張したよ。でもよかった。これであとは児童相談所の人がちゃんとしてくれるよ。のんちゃんとお母さんを安全な場所に保護してくれて、そこから学校へ通えるようにしてくれるよ、きっと」

「そうだね。電話してよかったよね。なんか今私すごく気分がいいよ。とても重大な使命を果たしたような充実感《じゅうじつかん》でいっぱいだよ」

「私も。正直、生まれて初めて人の役に立てた気がする」

満足気な顔で微笑《ほほえ》み合う。

時間があったので、また自転車を飛ばし、のんちゃんの住むアパートに行ってみた。アパートの脇《わき》に、昨日はなかったかなり古びた薄紫《うすむらさき》の自転車が置いてある。サドルがひび割れ、ハンドルやスタンドにもサビが目立つ。のんちゃんのお母さんのかもしれない。

のんちゃんの部屋は網戸になっていて、人のいる気配がした。中から女の人の低い声とのんちゃんの笑い声が聞こえた。とても楽しそうだ。

佐知子と私も自然と笑顔になる。

これでのんちゃんが学校に行けるようになれば。

私たちは無言で頷き合い、また自転車にまたがるとその場を去った。

家に帰りスマホを開くと、石井君からのラインが山ほど溜《た》まっていた。晴れてよかったとか、これから塾の日曜特訓だというメッセージのほかに、『さて、塾の休憩《きゅうけい》時間に僕が自動販売機《はんばいき》で買ったドリンクはなんでしょう？』とカメラ目線の動画でどうでもいいクイズを唐突に出題され、そのすぐあとに『じゃーん、答えはメロンソーダでした』とその缶《かん》をアップで撮った写真が送られてきていた。うさぎが親指を立てているスタンプを返しておく。

日曜なので家には母がいてまた大家さんが来ていた。

「ああ夏が来る。憂鬱《ゆううつ》だな。夏が楽しみなのは子供だけだよな。大人になったら、というか歳取ったら、夏はただただつらいだけの季節」

母親が麦茶を飲みながら言うと、大家さんが、

「まったくだよ。毎年ひと夏越えるのがしんどいったらありゃしない。もう今年はダメかもしらん。夏を越せずに死ぬかもよ、哀れなセミのように」

そう言って、くず餅を頬張る。大家さんが持ってきたらしい。

「もう夏なんかいらないよな。ついでに冬も。春と秋だけにしてくんないかな。私が総理

大臣になったらそうする」

「総理になったとしても、そりゃ無理じゃねぇべか？　いくら総理でも季節は変えられないよ」

「いや、夏と冬という言葉をこの世から消す法律を作る」

「根本的な解決になってないぞな」

「気分だよ、気分。春と暑い春と秋と寒い秋にする」

「だからそれじゃなんにも変わらんて」

「いや、『劇団四季』が『劇団二季』になる」

「なるかいな」

ゲタゲタと腹を抱えて笑い合うふたりに、よほど今日私たちが積んだ善行について語ってやろうかと思ったが、やめておく。こういうことは自分では言わないのがよいのだ。ただ「ふふふ」と含《ふく》み笑いをして、くず餅を食べる。黒蜜《くろみつ》が美味しかった。母は黒蜜が残っているスポイト式容器に麦茶を吸わせてよく振ってから飲み、

「やっぱり麦茶は最高。麦茶がうまいから、夏を許してやることにするよ」

と笑った。

それから三日ほど過ぎ、私も佐知子ものんちゃんの件は、児童相談所がきっと善処してくれただろう（何せ専門家なのだから）と思っていた頃。

「えええっ」

部活の帰り、佐知子がスマホでニュースをチェックして大声を上げた。

「どうしたの？」

スマホの画面を覗き込む。

「こ、これ」

佐知子が動画を再生させる。ケーブルテレビのニュースのようだった。

「無戸籍《むこせき》の少女、保護される」

というテロップが出ていた。女性アナウンサーがニュース原稿《げんこう》を読み上げる。

「東京都北区の児童相談所によりますと、六月十五日に『家に監禁《かんきん》され学校へ行かせてもらえない子供がいる』という電話による匿名の通報を受け、職員が北区岸町《きしまち》のアパートに向かったところ、同室内で少女を発見、保護したということです」

途中で映像が切り替わり、見覚えのある建物が映る。

えっ、何これ。

「調べによると、この少女は出生届が出されておらず戸籍がないことが判明、警察が同居していた母親と見られる女性に話を聞くと、出生届が未提出である事実を認めたということです。女性は『経済的な理由で届けを出していない』と話しており、少女は一度も就学せず、予防接種等も受けていないということです。女性によると、少女は今年十八歳になるとのことですが、発育に問題が見られたため、警察はさらに女性に詳しく事情を聞く方針です」

えっ、何？　どういうこと？

確かにあのアパートだ。昔佐知子が住んでいて、今はのんちゃん母子が住んでいるあのクリーム色のアパート。数日前私たちが乗り越えたベランダが映っている。洗濯物が干してある。のんちゃんがあの日着ていた猫のイラストの黒いTシャツがぶら下がっていた。

「こ、こ、これって、電話の通報って私たち？」

佐知子の声が上ずっている。

「ん、あ、そう、なのかな、でも」

確かに電話はしたけれど、通報ではなく相談だったたし「監禁されて学校に行かせてもらえない子供がいる」とは言っていない。

でも日付は合っているし、同じ日に同じことをした人がほかにいるとは考えにくい。

「そんなふうには言ってないけど、でも要約すればそういうことになるのかな？」

「いやあ、それはちょっと。それよりも出生届を出してない、って。無戸籍って」

「しかも十八とか」

フックが多すぎて受け止めきれない。ふたりでしばらく呆然として立ち尽《つ》くす。

「出生届が出されてないって、じゃあのんちゃんって存在してない扱《あつか》いなの？」

佐知子が困惑した目で、私を見る。

「それは戸籍の上だけでしょ。のんちゃんは確かにいたじゃない、一階のあの部屋に。話もしたし、うまい棒とカニカマをもらって食べて友達になったじゃない。存在しないなんてそんなことない。あるわけない」

「でも戸籍がない、って。日本人としてカウントされてないってことでしょ」

「そんなの関係なく、のんちゃんはあのアパートでお母さんと暮らしてて、ちゃんと留守番してお母さんの帰りを待ってて、何よりお母さんのことが大好きで、それで、それで」

言いながら、頭がくらくらしてくる。

戸籍がない。だから学校へ行っていなかったんだ。

「十八歳って。私たちより歳上だったんだ」

とてもそんなふうには見えなかった。背も大きくないし痩《や》せてもいた。でも十八だってそういう子はいるだろうし、物言いが幼いのはずっと家の中にいたからだ。発育に問題だなんて。なんだか虐待《ぎゃくたい》されていたようなニュアンスが報道には感じられた。

部屋の外で聞いたのんちゃんの笑い声を思い出す。母親は仕事へ行くとき、ちゃんと食事の用意もしていた。楽しく暮らしていたのに。

母親がのんちゃんを外に出さなかったのは、無戸籍の発覚を恐れたからだ。日中子供がブラブラしていたら、変に思う人もいるだろう。補導されるかもしれない。そうしたら戸籍がないのがバレてしまう。

でも経済的な理由で届けを出さなかった、ってどういうことだろう。税金がかかるから？　でもその代わりいろんな保障が受けられない。権利が得られない。どう考えたっていいことなんかないように思える。わからない。わからない。

今ののんちゃんはどうしているだろう。保護されたと言っていた。児童相談所に、だろうか。警察が母親に事情を聞くと言っていたけど。じゃあふたりは今家に帰れないんだろうか。

そこではっとした。

もしかして私たちはのんちゃん母子を引き離してしまったんだろうか？　そんなつもりはまったくなかったのに。でも結果的にはそうなってしまった。もしかして私たちはとんでもないことをしてしまったんじゃないだろうか。のんちゃん母子の幸せを壊《こわ》してしまったんじゃないだろうか。

どうしよう、どうしよう。

「のんちゃんたち、これからどうなるんだろう」

佐知子がぽつりとつぶやく。

「どうなるんだろう」

私もその言葉をオウム返しするだけだった。

頭と気持ちの整理がつかないまま家に着く。ちょうど夕方のニュースの時間だったので、各局チェックしてみたが、扱っているところはなかった。全国ニュースで扱うほどのものではないということか。つまりそんな大きな問題ではない、と。そうなのかな。でもそうであってくれたほうがいいのだけど。佐知子にラインをしてみる。

『のんちゃんのこと、ニュースでどこかやってた？』

『メジャーな局ではやってなかったけど、ケーブルテレビではまた夕方やってたよ。スマホで検索したけどケーブルテレビ以外は出てこないよ』

スマホで動画を見るとギガを食うので見ないことにしている。ギガ貧者、動画に近寄らず、と肝《きも》に銘《めい》じている。しかしこれではせっかくのスマホを自ら宝の持ち腐れにしてはいないかという疑問が頭をよぎる。いや、今はそんなことはどうでもいい。

『のんちゃん、今どうしているかな』

佐知子から続けてラインが届く。

『保護って言ってたから、児童相談所にいるんじゃないかな』

今まで長い間母親と離れたことがないだろうから、どんなに心細いか。あの日見たのんちゃんの泣き顔が思い出される。今も泣いているかもしれない。夜は眠れているだろうか。

のんちゃん、ごめんね。

のんちゃんはあのままでも十分幸せだったのかもしれないのに。私たちがあんなことをしたばっかりに、ふたりの生活を、幸せを壊してしまった。

まさかこんなことになるなんて。

その夜はなかなか寝つけなかった。目を閉じると、丸まって泣きながら寝ているのんちゃんの姿が浮かぶ。

よかれと思ってやったことが裏目に出る、とはまさにこういうことを言うのだろう。

「『よかれと思って』という話は、大抵《たいてい》それをされた人にとってはまったくよくないものです。大きなお世話、むしろしないでいてくれたほうがよほどよかった、ということがほとんどです。『よかれと思って』などというのは、その人のただの保身、自己弁護に過ぎません。自分はあくまで善意でやったことなのに、それがわからない、伝わらないそっちが悪い、と相手を責めるニュアンスも感じられます。『よかれと思って』で始まる話には用心しなさい。先生は『よかれと思って』と口にする人を信用しません」

久しぶりに木戸《きど》先生の言葉を思い出す。

小学五、六年のとき担任だった男の先生。先生は前後の脈絡《みゃくらく》に関係なく、「なぜ今それを？」という話題を唐突に持ち出す癖があった。これもどのタイミングで出てきた話か忘れたが、この部分だけ妙に心に残っていたのだ。

そんなことを言っても、私は本当にそのときはよかれと思っていたんです、先生。

だけどこんなことになってしまった。人間、いつでもやり直せるというけれど、時を戻すことはできない。私はどうしたらいいんだろう。ただ、今私がしたいのはのんちゃんに謝ることだった。

ごめんね、のんちゃん。

心底そう思った。

次の日、部活が休みだったので、学校帰りに佐知子とのんちゃんの家に行ってみることにした。徒歩で行くと少し遠いが、自らを罰《ばっ》する気持ちで歩いて行った。

外から見るとベランダには洗濯物が出ている。昨日ケーブルテレビのニュース映像で見たのんちゃんの黒いTシャツがそのままだったから、家に帰ってきていないのかもしれない。人の気配もしない。

のんちゃんの母親はまだ警察で事情を聞かれているのだろうか。何かの罪に問われることがあるのだろうか。そうなったら、それこそのんちゃんはどうなるのだろう。

「いないみたいだね」

佐知子が沈《しず》んだ声で言う。

「いつ帰ってくるんだろう。でも帰ってきたとしても、合わせる顔がないや。のんちゃんに悪いことしちゃったよね、私たち」

佐知子はすっかりしょぼくれていた。

「でも私たちは間違ってはいなかったよ。ただ、正しいことが必ずしも、いい結果になるわけではないんだよね」

「うん」

頷く佐知子の目には涙が溜まっていた。

帰り道は、来たときよりさらに遠く感じた。

その夜、初めて私から石井君にラインを送った。

『ちょっと聞きたいことがあるんだけど、将来弁護士を目指してる石井君なら知ってるかな、と思って。生まれた子供の出生届を出さなかったら、親は何かの罪に問われたり、罰せられたりするの？』

すぐに既読がつき、メッセージが来た。

『こんばんは。もしかしてケーブルテレビニュースでやってた岸町の親子のこと？』

石井君も知っていたようだ。

『そう、ちょっと気になって』

『近くでこんなことがあったなんてびっくりしたよね。岸町は近くの神社でお祭りがあるよね。小学生のとき行ったよ。お母さんにたこ焼き買ってもらって美味しかった。ああいうところで食べるものは、一味違う気がするのはなんでだろう？』

ズレた返信にちょっとイラっとするが、気を取り直して、メッセージを返す。

『きっと雰囲気も調味料になるんだろうね。ところで最初に聞いたことは？』

『ごめんごめん、今ちょっと調べてみるね』

ほんの二、三分ですぐにまたラインが来る。

『単に届出を忘れていただけなら過料っていう罰金みたいなのだけで済むようだね』

ほっとした。が、気になることもあった。

『学校に行かせなくて、家から出さなかったとしても？』

『でも自分の子供でしょ？　どこかからさらってきた子じゃないんだから。それだったら拉致《らち》監禁の容疑で逮捕《たいほ》されるかもしれないけど、岸町の母親は、経済的な理由で届出しなかった、って言ってたよね。出生届を出せば税金もかかってくるし、公立の学校に行かせるのにも教材費や給食費は要るからね。そういう家庭を援助《えんじょ》する制度があるけど、知らなかったのかもしれないね。いずれにしても逮捕されるようなことにはならないと思うよ』

『そうなんだ、よかった。ありがとう。なんか元気出た』

『知らない人のことをそんなに心配するなんて、田中さんはとてもやさしくていい人なんだね』

石井君はどうも自分のいいように解釈《かいしゃく》する傾向が強いようだ。誰でもそうかもしれないけど。でも本当のことを言うわけにはいかないので『そんなことないよ』と返しておく。事実、本当にそうなのだから。私はやさしくもないし、いい人でもない。

『石井君は、正義感も強いし、頭もいいし、努力家だからきっといい弁護士になれると思うよ。頑張ってね』

そうラインを送った直後に着信メロディが鳴り、驚いて画面を見ると石井君からだった。石井君から電話が来るのは初めてだった。でも向こうからかけてきたのなら、通話料は向こう持ちなので（石井君もかけ放題プランなのだろうけど）、出ることにする。

「はい」

「田中さん？　僕、石井だけど」

「あ、こんばんは」

「僕ね、絶対いい弁護士になるよ。田中さんがそう望むのなら、必ずなってみせるよ」

ん？　そういうニュアンスで言ったんじゃないけど。ま、いいか。

「うん、知り合いに弁護士がいると何かあったとき心強いし。海外ドラマ見てると、捕《つか》まった人がよく言ってるじゃない、『弁護士を呼んでくれ』って」

石井君が笑う。

「田中さんはそういうことはないよ」

ふっと暗い影《かげ》が差す。

そういうことがないこともないいんだよ、実は。

顔も知らない実の父がもしかしたら犯罪者ではないか、と思ったのが小学生のとき。今でもその思いはうっすら続いている。やっぱり小学生の頃、荒川《あらかわ》遊々ランドに連れて行ってくれた友達のお父さんが実は横領犯でそのあと捕まったこともあったし、去年明日山公園で、あのときはこっちが被害者《ひがいしゃ》なのだけど警察のお世話になった。そして今回は私たちの電話がきっかけで警察が動いた。濃淡《のうたん》の差はあれど、何らかの形で毎年のように警察と接点があるというのも、この年齢では珍しいのではないか。これは神様からのメッセージなのだろうか。この先もっと大きな関《かか》わりを持つことになるから用心せよ、というような。

自分で自分が心配になる。

「田中さん？」

「あ、ごめんごめん、とにかく私は石井君に弁護士になってもらいたいと切に願ってるのよ」

私の将来の「何かあったとき」のために、などと考えながら言う。

「うん頑張るよ。田中さんからのエールで、なんかめっちゃモチベが上がってきたよっ」

石井君の張り切った声が返ってきた。


今週の土曜日は登校日で、午後から部活もあったから弁当持ちだった。家庭科準備室で佐知子とお弁当を食べていると、ふと佐知子が顔を上げた。

「私さあ、やっぱりちゃんと高校へ行くよ」

「ん？　何、急に」

「私ね、今回ののんちゃんの件で、改めてつくづく、自分の無知さ、モノの知らなさを自覚したんだよね。私は知らないことが多すぎる。この世に戸籍がない子がいるなんてこと、微塵《みじん》も浮かばなかったもんね、のんちゃんの話を聞いたとき。そういう、大人になるまでに知るべきことはきっとたくさんあって、私なんかがこのまま社会に出るのは、あまりに無防備だってことに気がついたんだよ。私にはまだ学ばなくちゃならないことがたくさんある、って。今まで学校っていうのは花ちゃんみたいに頭のいい子のためにあるんだと思ってたけど、違うんだよね。少し前に駅前にフィットネスクラブができたじゃん。通りに面した、ガラス張りで運動してる人が外から見えるとこね。あそこって、もう全然痩せる必要のない、スリムな人たちが必死に踊《おど》ってんじゃん。でも本当はもっと太っ、いや体の大きな人たちが行くとこなんだよ。スタイルいい人たちが、よりよくなることも大事だけど、あそこに行くべき人はもっとほかにいるんだよね。学校もそれと同じじゃないかって。私みたいな愚者《ぐしゃ》こそ学びが必要で学校へ行くべきなんじゃないかって」

「そ、そうだね」

フィットネスクラブのたとえが最適かどうかはともかく、佐知子が進学に前向きになってくれたことはよかったと思った。

「もし今から死ぬ気で頑張ったら、花ちゃんと同じ高校行けるかな？　もし同じ高校通えたら、一日で死んでもいいや」

「いや、ダメでしょー、それじゃ」

笑い声が重なり、開けた窓から見える青空に転がるように広がっていった。

七月の期末試験が終わると、毎年中学二年生は職場体験がある。

文科省の推進するキャリア教育の一環《いっかん》で、公立の中学ではほぼ全部の学校が行っているという。コンビニや保育園、病院、図書館などで実際に働き、労働の厳しさや喜びを身をもって知ることを目的にしているそうだ。

「花ちゃんは、第一希望何にするの？」

ホームルームの前に佐知子が訊いてきた。

「コンビニかな、やっぱり」

「そうだよね。じゃあ私もそうしよっと」

職場体験はもちろん無給だが、コンビニはお菓子や飲み物をもらえるという噂《うわさ》があり（本当はNGらしいが）一番人気なのだ。第三希望まで書けるので、第二を図書館、第三を保育園にして提出した。だがやはりコンビニは希望者が多く、私も佐知子もほかに回される結果となった。それでも佐知子はまだいい。第三希望の保育園に決まったのだから。

私の体験先は工場だった。工場の「こ」の字も書いていないのに。工場は生産ラインでの立ち作業で、休憩時間も短かくかなりきついという話だった。

休み時間、どんよりとした気持ちでいると、隣の席の石井君が「あー、どうしよう」という声を漏らした。体験先決定のプリントを手にしている。

「もしかして石井君も工場だったの？」

「ううん、コンビニ」

「えっ、いいなあ。私も佐知子も第一希望で書いたのにダメだったんだよ」

「僕の第一希望は郷土資料館だったんだけど」

「郷土資料館？　クッソつまんなそ。でもあんたには合ってたかも、なのにね」

いつの間にか横に来ていた佐知子が言った。

「でも僕、コンビニなんか第三希望でも書いてなかったのに。接客業とか苦手だと思うから」

これは一体どういうカラクリか。わざと第一志望を外しているのか。大人は時々こういうダマシ討ちみたいなことをする。あえて苦手なことこそトライしろ、そこで新しい自分を発見するかもしれない、とでも言いたいのか。いかにも大人が考えそうな企《たくら》みが臭《にお》う。

だったら裏をかいて、工場と書けばよかった。

「でも弁護士になったら、たくさんの人と接しなきゃならないだろうから、今から慣れておいたほうがいいかもよ。それ以前に、司法試験を何年も受け続けるのにも、その間バイトとかするでしょ。そのためにもいろんな職種を体験しておくのはいいことだと思う」

残念顔の石井君にフォローのつもりで言う。

「何年も司法試験落ち続ける前提なんだね、僕」

「いや、相当難しいって聞くからさあ」

「へえ、あんたって弁護士志望なんだ。クッソ生意気っ」
なぜか佐知子は石井君の前では、露悪《ろあく》的な言動になるのだった。

職場体験は三日間。時間は職場によって違う。工場は朝九時から午後四時まで。お弁当を持って直接行く。

でも体を動かすことは嫌いじゃない。なんて言ったってあの母親の子供なんだから。

体験初日。バスと電車を乗り継いで指定された工場に行く。本社は東京都北区だが工場は埼玉《さいたま》にあるのだ。大きな川を渡ると、畑が多くなり景色が地方っぽくなってきた。駅前から工場行きのバスが出ている。私のほかには同じクラスの男子がふたりと、違うクラスの男子がひとりだと聞いている。女子は私だけだった。ますますなぜ？　と思う。

しかしひとりで乗り物に乗り、知らない街に行くのは少しワクワクする。私服でいいというのも大人びた気がして嬉しかった。

工場に着き事務所に行くと、グレーの作業着一式を渡され、ロッカールームで着替える。作業着に身を包むと、にわかに一人前の働き手になった気がする。服装から入るというのはあるなと思った。

会議室のようなところに通されると、そこにはすでにほかの子たちが集まっていた。時間になり、主任さんの挨拶《あいさつ》に続き工場の設備、作業内容の説明を受けた。直接生産ラインに立つのではなく、その補助の仕事が主なようだった。

工場はカラーコピー機を生産している。そのラインの現場に連れて行かれると、それぞれ指導してくれる社員さんを紹介《しょうかい》された。

私の担当は村山《むらやま》さんという背の高い女性で、年齢は母と同世代ぐらいに見えた。

「中学生かあ。可愛《かわい》いね。短い間だけどよろしくね」

村山さんは若い頃は綺麗だったろうな、と思わせる派手な顔立ちで、オレンジ色の口紅がよく似合っていた。

私の仕事は、ラインに立つ作業員さんが使う部品を、作業中に切らさないよう補充し、空いたダンボール箱を片付けることだという。作業員さんは決められた時間内に自分の分担を終え、次の工程担当の人へ流さなくてはならない。処理しきれず機材が溜まっていくと、頭上の赤いランプが点灯し、リーダーの男性が飛んできて手伝ってくれるというが、これはなかなかプレッシャーがありそうだと思った。

ラインが動いている間は、有線放送がかかっているがじっくり聴いている余裕はなかった。

電動ドリルで取り付けるネジの種類を覚え、組み立てる部品の減り具合に気を配り、空箱を片付ける。休憩は昼の一時間と午前十時と午後三時に十五分間取れる。

「飲み込み早いね。筋がいいわ」

昼休み、休憩室でお弁当を食べ終わると、村山さんが来て言った。

昼食は社員食堂へ行く人もいるが、お弁当の人は休憩室で摂《と》るのだった。男子たちは社員食堂に行ったようだった。村山さんも社員食堂の帰りに立ち寄ったらしい。

「私ですか？」

「うん、半日も見ていれば大体わかるよ、その人が仕事ができるかどうかって。気働きのある勘《かん》がいい人は、何をやらせてもすぐにコツをつかむ。絶妙のタイミングで部品の補充をしてくれるし、ダンボールを潰《つぶ》して積み上げるのにも動きに無駄がない」

「あ、ありがとうございます」

必死にやっているだけだったが、思いがけず褒《ほ》められて素直に嬉しい。

「ぶーさん、今のうちに、ウチのラインにスカウトしとけば？」

パートで来ているという小太りのおばさんが笑いながら言う。村山さんはなぜかみんなから「ぶーさん」と呼ばれているのだった。長身でスラリとしているのに。私の疑問を察してか、村山さんは「私、しのぶって言うの。だからぶーさん」と言って笑った。

午後からの作業も一生懸命やっているとあっという間に午後四時になった。職場体験の生徒は、社員より一時間早く上がれるのだ。

帰りの電車の中で、これまでに経験したことのない充足感で満たされている自分に気づく。来るときに見た風景も心なしか輝きを増したように見える。

疲れているのに、清々《すがすが》しい。どこか誇《ほこ》らしい気持ちもする。

これが労働の喜びというやつだろうか。

アパートに帰ってくると、いつものことだが、賢人が外階段に座ってぼーっとしていた。

「お帰りぃ。あれ？　私服なの？　学校は？」

間延びした声で訊く。暇《ひま》なやつはのんきでいい。

「ふふふっ。私の顔を見て何か感じることはない？」

「ええっ、なんだろ。髪は切ってないよね？　まさか整形とか？」

「そんなわけないでしょっ。労働の喜びで頬を上気させた私の満ち足りた顔を見よ、と言ってるの」

「えっ、労働？　バイトでもしてきたの？　いいの？　中学生が」

「いいも何も、文科省が推奨《すいしょう》している職場体験だよ。今日が初日だったけど。賢人はしなかったの？」

「やった記憶《きおく》ないな。当時はまだなかったんじゃないかな」

「私立だからじゃない？　でも賢人も中学生のとき、こういう経験していたら違っていたかもね。働くっていいよ、素晴らしいよ。自分が何かの役に立っているって実感できる。なすべきことをなしたという充実感で満たされるんだよ」

「文科省の思うツボになってるね。『蟹工船《かにこうせん》』にでも乗り込みそうな勢いだよ。ビバ、プロレタリア」

「思うツボ、蟹工船、プロレタリア結構。働くというのは単に賃金を得るだけでなく、心の衛生上も実にいいことなんだってわかったよ」

「へっ、たった一日で。大仰《おおぎょう》だなあ」

「そのたった一日も働いたことのない人に言われたくないよ。でもさ、ずっと働かないでいるのも結構しんどいんじゃないの？　精神的に。人の目とか、身内にいろいろ言われたりとか、世間に対する後ろめたさみたいなもの考えたら、いっそ働いちゃったほうが楽なんじゃないかな」

「俺はね、働くようにできてないの。働くのが向いてない人間なんだよっ」

「それ、自分で言っちゃう？」

この実態、石井君に教えてやろうかな。そう思った途端、カバンの中からラインの着信音がした。見るとその石井君からだった。コンビニの業務は思っていたよりずっと多岐にわたり大変だとか、愚痴《ぐち》めいたものが延々と書かれていたので、『お疲れ様』とうさぎが敬礼しているイラストのスタンプを返しておく。

保育園に行った佐知子からもラインが来ていて『子供が全然言うこと聞いてくれないよぉ』というメッセージに、犬が泣いている動画スタンプが添《そ》えられていた。私は工場でラッキーだったのかもしれない。

その日の夜は夕飯がいつも以上に美味しくたくさん食べられたし、夜もぐっすり眠れた。賢人の言葉を借りるなら、私は「働くのが向いている人間」なのかもしれない。体を動かすのが苦ではない。

お母さんに似たんだろうな、やっぱり。

職場体験二日目も無事に終わり、村山さんに「昨日より動きがさらによくなってるね」と褒められた。

最終日、休憩室でお弁当を広げると村山さんが入ってきた。

「隣いい？　いつもは社食なんだけどね、今日最後だから一緒に食べようと思ってお弁当持ってきたんだ」

自動販売機でオレンジジュースも買ってくれた。

「ありがとうございます」

今日は珍しくほかに人がいなかった。ふたり並んでお弁当を食べる。

「田中さんはからあげ弁当かあ、美味しそう。お母さんが作ってくれたの？」

「はい、からあげは母の得意料理なんです。私も好きですけど、母の大好物でよく作ってくれるんです。母も働いててお弁当を持っていくんですけど、体を動かす仕事なんで、私もこういう結構ボリューミーなお弁当になっちゃうんです」

「すごく美味しそうだよ。ご家族は何人？」

「うちは母とふたりです。母は一生懸命働いて私を育ててくれてるんです」

「いいお母さんじゃない」

母が褒められると、自分が褒められるより嬉しい。

「うちは三人、旦那と娘《むすめ》ね」

「そうなんですか。娘さんはおいくつなんですか？」

「十九。今美容師の専門学校行ってるんだ。だから私の髪もカットしたりカラーリングしてくれるんだよ。トリートメントもしてくれるから、歳の割には艶《つや》があるでしょ？　まあ練習台も兼《か》ねてるんだけどね」

「いいですね。うちの母も『手に職、手に職』ってよく言ってます」

「うちもそう。もしかしてお母さん、私と同年代かな」

「そうですね、これが母なんですけど」

スマホのアルバムを開く。スマホを買ってもらった夜、面白くて何枚も撮った。大量に揚《あ》げたからあげを前におどけている母の写真を見せる。画面をスライドさせると次はからあげを頬張る母が写っている。

「痩せてるのにすごくよく食べるんですよぉ」

笑いながら言うと、村山さんが目を大きく見開き、食い入るようにスマホ画面を見ている。

「こ、これ、お母さんなの？」

「はい、そうですけど」

「お、お母さんのほかの写真もあったら見せてくれる？」

村山さんは明らかにさきほどまでとは表情が違っていた。

心なしか、声も上ずっている。

「はい、いいですけど」

画面を続けてスライドする。母のアップ、横向き、変顔。

「ちょ、ちょっとよく見ていい？」

顔が青ざめている。どうしたんだろう。「どうぞ」と言ってスマホを渡すと瞬きも忘れたように、母の写真に見入っている。

「マ、マチ、マチコ。もしかしてお母さんってマチコっていうんじゃない？　真実の真に千の子って書く」

「そうですけど。えっ、もしかして、知ってるんですか、母のこと」

「う、うん。ずっと昔だけど。まさかこんなことって。そうか、田中だもんね苗字。そうだ田中だった、田中真千子。うわぁ、どうしよう、まさかこんなことが本当にあるなんて。ああ、神様」

村山さんが興奮した声を上げる。私も驚いていた。母の昔の知り合いに会うのは初めてだったから。

「あの、どういうお知り合いですか？　学校の同級生だったとか？」

「ううん、学校じゃないんだけど、でも同い年だったよ。同い年で友達で姉妹、みたいな。田中さん――花実ちゃんよりも少し小さい頃のね。私のことを『ぶーさん』って付けたの、マチ、あなたのお母さんなんだよ。『しのぶだから、ぶーさんね』って」

「えっ、そうだったんですか。それは、なんと言うか、失礼なあだ名を」

「ぜーんぜん。自分でも気に入ってるんだもん、この呼び名。高木ブーのファンだし」

「そ、そうなんですか」

村山さんが声を立てて笑った。すぐにその笑い声が細かく震え出す。

村山さんが手で顔を覆《おお》って泣き始める。

「だ、大丈夫ですか？」

目の前で大の大人にこれほどまでに大っぴらに泣かれるのは初めてだ。

一体どうしたんだろう。

「ごめんね。びっくりさせちゃうよね。いい歳のおばさんがいきなりこんな泣き出したら。でもなんか夢みたいで。まさかこんなとこでマチの子供に会えるなんて」

溢れる涙《なみだ》を拭《ぬぐ》いながら、村山さんが、

「顔を、顔を私に見せて」

と椅子《いす》から立ち上がり、震える手を伸《の》ばす。両手で私の顔を包み込むようにして、

「ああ、マチ、マチの子供。愛《いと》し子」

そして、膝《ひざ》から崩《くず》れ、床にへたり込む。

「よかった、よかった、本当によかった。マチも母親になれたんだ。私は子供を産んだときから、マチに対してどこかずっと後ろめたさみたいなものを感じてて。私だけいいのかって、ずっと。でもマチもお母さんになれたんだ。こんないい子の。よかった、本当に」

また声を上げて泣き出す。

「あ、あの？」

「だってあのとき、あの人たちがあんなこと言ってたから。卵巣取っちゃったとかもう産めないとか。だから私はもうてっきり。なんだよもう、やっぱり違うんじゃない。私はあれからずっと何十年もそのことが気がかりだったのに。もうっ、人を驚かせて。じゃあの手術は関係なかったんだ」

「手術？」

「うん、下っ腹にまだ残ってるかな？　私はだいぶ薄くなったけど」

村山さんが顔を上げる。

涙で濡れた頬が光っている。

「ああ、盲腸《もうちょう》のですか」

「盲腸……？」

「私は母にそう聞いてますけど。あ、でも私の思い違いかも。小さい頃に聞いたきりだから。母は昔の話をほとんどしてくれないんですよ。母の昔の知り合いという人に会ったのも初めてだし」

村山さんが一瞬「あっ」という顔になった。

続けて苦々しく歪《ゆが》む唇をかみしめ、髪をかきむしる。

それは何かを大きくしくしくじった人のリアクションだった。

「あ、あ、あーっ、間違えた。違う違う、人違い。全然違う人だった」

オレンジ色の唇の端をきゅっと上げ満面の笑みでことさら声を張り、大きく手を振る。

「よく見たら、顔も全然違うや。私の知ってる人じゃなかった。あー、もう老眼がだいぶ進んでるからさ、よく見えないんだよ。ごめんごめん、間違えた。全部違う人の話だから。本当にごめんなさい。やだな、もうボケてんのかな。ごめんね、変なこと言っちゃって。

私が間違えちゃったの。気にしないで、っていうか全部忘れて」

「えっ、でも真千子って漢字も合ってたし」

「あー、今思い出したけど、町の子って書く町子だった。長谷川町子《はせがわまちこ》の町子。だから全然、別人だわ」

「でも」

村山さんが目をそらし、壁に掛かった時計に目をやる。

「ああもうこんな時間。さあ、午後からも張り切って仕事頑張ろーっと」

伸びをするように両腕を上げ、わざとらしいほどの明るい声で言う。

「あの、でも」

「あっ、いけない。事務所に用事あったんだ。行ってこなきゃ。時間ないや」

村山さんは、まだ残っている弁当箱に蓋《ふた》をし、慌ただしく出て行ってしまった。

ひとりになった私は、一体何がどうしたのかわからなかったが、とりあえずお弁当を平らげ、休憩室を後にする。

だが午後の作業をしながらも村山さんが言ったことが頭を離れなかった。

写真を見て苗字も下の名前も合っているのに、間違えた、人違いだなんておかしい。腑《ふ》に落ちない。だったらなんで村山さんは急に否定したのか。

母の下腹の手術痕《こん》が盲腸だと私が言ってからだ。

あれは盲腸の手術痕じゃなかったの？　だとしたらあの傷跡はなんなの？　母は私に嘘をついているの？　卵巣を取ったとか、もう産めないとか、どういうこと？　なんの話？

「空き箱、溜まってるよ。それから三番ネジなくなったから」

作業員さんに言われてはっとする。

「あっ、すいません。今やります」

「大丈夫？　疲れちゃったかな、さすがに。でもあと少しだから頑張って」

「はい」

隣の工程を担当する村山さんにも私たちの会話は聞こえているだろうに、ずっと前を向いたままだ。かたくななまでにこっちを見ようとしない。これまでは何かあるとちょっとしたことでも、声をかけてくれていたのに。それがいかにも不自然で、私の疑念を深める。

その間にもベルトコンベアー上の部品はどんどん流れてくる。

仕事中にほかのことを考えていると、手がおろそかになる。働くってやっぱり大変だ。

いくら気に病むことがあっても、与《あた》えられた仕事はいつも通りにこなさなくちゃならない。

今は仕事に集中しないと。でもそう思えば思うほど、頭の中がそのことでいっぱいになる。

最終日は三時に上がる。

その少し前に主任さんが現場に来た。主任さんは私たち中学生を集め、ラインの皆《みな》さんに挨拶をさせると、初日の朝と同じように会議室にみんなを連れて行った。そこでねぎらいの言葉をかけられ、体験終了となった。

時計を見るとまだ三時半だった。

私は工場を出ると、近くのコンビニや本屋さんで時間を潰した。五時になると定時を告げるメロディが工場から流れてくる。工場の正門で立っていると、仕事を終えた人がたくさん出てきた。見失わないように目を凝《こ》らす。ようやく一群の中にその人を見つけた。

「村山さん」

聞こえなかったのだろうか。村山さんは歩を緩《ゆる》めることなくどんどん行ってしまう。

「むら……ぶーさんっ」

村山さんの背中が一瞬びくりとして止まる。振り向く。その表情に警戒《けいかい》の色が現れていた。

「まだ帰ってなかったの？」

頷き「待ってたんです」と言った。

「聞きたい、確かめたいことがあったから、ぶーさんに」

村山さんの顔がさらに険しさを増した。

「昼休みに、私に言ったことです」

「だからあれは私の勘違い。人違いだって言ったでしょ」

「じゃあ母に聞いてみます。ぶーさんのこと。しのぶっていう名前でそこからぶーさんって呼ばれるようになった人のこと」

「ダメっ。そんなことしちゃ絶対ダメ。お願いだからやめて。私のためじゃない、あなた自身のためにそんなことしないで。お母さんのことを思うのならしちゃいけない。今一番大事なのは、あなたには一生懸命働いて、育ててくれるいい母親がいるってことだけなの。今そうあること、それがすべてなの」

「でも」

「私が言ったことなんかもう忘れるの。どっかの頭のおかしいおばさんに変なこと言われただけのことだよ。それからもし万が一どこかで私を見かけても、絶対に声なんかかけちゃダメだからね。私のことも私が言ったことも全部忘れるんだよ」

ぶーさん、何言ってるの。それが何よりの「答え」じゃないの。自分が言ったことが真実だっていうことの。

後ろで車のクラクションが鳴った。

見ると村山さんと同じラインの人が、軽自動車から顔を出している。

「ぶーさん、乗ってかない？　私、帰りスーパーアルプス寄るからさ」

「ありがと。私も買い物あるからよかった、助かるわ」

村山さんが応え、私に向き直ると、私の手を握る。

「つらいことがあっても、その夜を越えて行くの」

握った手に力が入る。手は骨ばって乾《かわ》いていて、母と同じ、ずっと働いてきた人のものだった。

村山さんはくるりと背を向けると、軽自動車のほうへ駆《か》けて行ってしまった。

帰りが遅くなったので、電車から降りたときにはもう月が出ていた。妙に赤い月で不気味に感じた。不安な心で見るせいかもしれない。

『どこかからさらってきた子じゃないんだから』

不意に石井君のラインが蘇る。

まさか。

でも、もしかして私、のんちゃんより危ういところにいるんじゃないだろうか。

その夜、ふたりで向き合って食べるいつもと変わらない夕食。

「真実をすべて知ることがいいとは限らないし、その必要もないんです。そして知った後では、もう知る前には戻れないんですよ」

ここでもまた木戸先生の言っていた言葉を思い出す。

「食器棚《しょっきだな》の奥の骸骨《がいこつ》。どんな家庭にも秘密にしておきたいことがあるという意味です」

そんなことも言っていた。

だけど先生、もしその骸骨を見つけてしまったら、どうしたらいいの？

先生はそこまでは教えてくれなかった。先生に会いたい。会って聞きたい。どうしたらいいのか。まさか木戸先生に、こんなにまで会いたいと思う日がくるとは思わなかった。

「やっぱりちっとも似てねぇな。ま、当たり前か」

一年前に会ったタツヨさん、私のおばあちゃんも言っていた。

不吉なクロスワードの升目《ますめ》が埋まっていく。そこから導き出される答えは多くない。

「で、どうだったの？　職場体験、終わってみて」

はっとして我に返る。

「あ、うん、楽しかったよ。大変なこともあったけど」

自分で言ってどきりとする。大変なこと、確かにあった。

「そうだよ。どんな仕事も、それでお金を頂くっていうのは大変なのよ。そういうのを身をもって知るのはいいことだね。うちの職場にも来ないかな。ま、来ないか、重労働だもんな」

「あ、あのさあ、私、将来どんな仕事に就いたとしても、この家から通うからね。ずっとここに、お母さんのそばにいるからね」

そうだ、私たちは離れちゃいけない。遠くになんか行ったらダメになる。離れたら、途絶えてしまうかもしれない。

離れるのが怖い。私たちは余計に一緒にいなきゃいけない。

「何言ってるんだよ。花はこれからいろんなものになれるし、どこへだって行けるんだよ。ここから羽ばたいて、もっと広い世界に行かなきゃ。外国で暮らしたっていいんだからね。こんなところに、私にこだわることはないよ。自由に生きたらいい。私のことなんか忘れるくらい、夢中になれるものを見つけて、自分の人生を生きるんだよ。それで帰りたくなったら、ここが花の故郷だから。緑の山も綺麗な川もないけど、ここが花のいつでも帰ってこられる故郷だから」

トンカツの油を口の端に光らせて、にっと笑う。

お母さん、違うよ、私にとっては、どこであろうとお母さんがいるところが故郷なんだよ。

鼻の奥がツンとしたので慌ててごまかす。

「ここが故郷って、二階の賢人も込みで？」

「いや、あいつは取り外し可能」

笑い声が重なる。

今はもうこれ以上考えない。とりあえず今はまだ食器棚の奥にしまっておこう。いずれそのうちきっと取り出さなきゃならないときが来るとしても。

木戸先生、うちの食器棚にまたひとつ骸骨が増えました。

開け放した窓から夏の夜の匂いが流れてくる。

赤みの取れた月が高いところで輝いていた。


夏休みに入った。

佐知子は期末試験の結果が散々だったので、塾の夏期講習に行かされて忙《いそが》しいようだ。塾といえば石井君はあれから何も言ってこないので、そのままにしてある。

賢人は夏になると、見苦しさが増す気がする。毎年のことだけど、無精髭《ぶしょうひげ》とボサボサの頭がより鬱陶《うっとう》しい。それも含めて夏が来たのだと実感する。

「また寄席《よせ》の券もらったんだけど、浅草《あさくさ》の。一緒に行く？」

母がチケットをひらひらさせて言う。

「まーた新聞販売店のおにいさん、脅《おど》してせしめたの？」

「人聞きが悪いよ。愛読者としてサービスを提供していただいたんで、恭《うやうや》しく受け取っただけだよ」

浅草の寄席。去年の夏休み、三上《みかみ》君と行ったんだった。三上君とは、あれから会っていないけど、元気にしているかな。神父になる修行で忙しいのだろうか。

三上君や石井君は将来の夢や目標がはっきりしている。それに向かって努力もしている。佐知子も、どこまで本気かわからないが、お笑い関係に進みたいようだし、みんな偉《えら》いな。

私はどうするんだろう。それにしても一年って早い。以前、そんなことを大家さんに言ったら、「歳取ったらもっと早く感じるで。歳が行けば行くほど早くなる。年が明けて、餅を食ったかと思うと、もう春のお彼岸《ひがん》で墓参りしてぼた餅食って、すぐにお盆《ぼん》が来てご先祖をお迎えしておはぎ食ったら、もう秋のお彼岸で墓参りしてまたおはぎ食って、気がつけば年末でまた餅を買いに行ってるんだ。一年なんて瞬きしてる間にあっという間に過ぎていく」と恐ろしげなことを言われた。

だけどみんなあと数年で社会に出るんだ。

私はそれまでにちゃんとした大人になれるんだろうか。圧倒的に時間が足りない気がする。

「今週水曜日代休取ったから、この日なら行けるよ」

母が壁のカレンダーを見ながら言う。

「うん、行こう行こう」

「よっしゃ。決まり」

カレンダーの日付に赤のマジックペンで花丸を付ける。

「花丸。花の丸だよ。花はぜーんぶ丸なんだ」

母が嬉しそうに言う。

赤い月は少し怖いけれど、花丸の赤は明るく元気だ。

朝から真夏の太陽が容赦《ようしゃ》なく照りつけている。

駅前から浅草行きのバスに乗った。バスは目線が高くなるところがいい。動く景色を見るのも好きだ。母が私を窓側に座らせてくれる。去年は三上君もそうしてくれた。オレンジ紅茶美味しかったな。またあれ買おうかな。

猛暑日《もうしょび》の予報も出ているが、冷房の効いた車内は快適だ。

バスが赤信号で停まる。何気なく外を見ていると、あっと声を上げそうになった。

信号待ちをしている人の中に、黒い猫のTシャツを見つけたのだ。

のんちゃんだった。隣にいる女の人と手をつないでいる。お揃《そろ》いの白い帽子《ぼうし》をかぶっていた。歩行者用の信号が青に変わり、のんちゃんが女の人の手を引いて、待ちきれないといったような弾んだ足取りで駆け出す。女の人も引っ張られて小走りになる。のんちゃんが振り返って何か話しかける。女の人が答える。あの人がお母さんだろう。どこからどう見ても普通の仲のいい母子だった。

よかった。

信号が変わりバスが走り出す。

よかった。また思った。ふたりが向かった先には明日山公園がある。

よかったね、のんちゃん。

近いのに、のんちゃんにとっては遠いところだった明日山公園。

お母さんと行きたかった場所。

行けたんだ、行けたんだ。行きたいところに行けたんだ。

泣きそうになり、カバンの中のハンドタオルを探す。スマホが点滅《てんめつ》していた。開くと佐知子と石井君からラインが来ていた。佐知子からは、

『朝から暑い。死ぬー。塾、行きたくねー』

と、犬が卒倒している動画スタンプ付きで。

石井君からはメッセージと植物の写真が届いていた。

『おはよう。今日もいい天気ですね。庭のゴーヤが鈴《すず》なりです』

ゴーヤの花は淡い黄色で意外に可憐《かれん》だった。ゴーヤの実は緑が濃《こ》く、イボイボがなかなか立派だ。これも花と実だな。

母と撮った写真――頬を寄せて顔いっぱいに笑っている――にメッセージを添え、ふたりに返す。

『おはよう。私は今日母と少し遠くへ行ってきます』

私を月に連れてって

無為徒食《むいとしょく》。

僕《ぼく》がもし色紙に一筆求められるようなことがあったら（万が一、億が一でもその可能性はないのだけれど、あくまで仮定の話だ）、この四文字を書き付けるだろう。

無為徒食、読んで字の如《ごと》し、何もせず、ただいたずらに飯を食うのみ。別称《べっしょう》「穀潰《ごくつぶ》し」。結構な言われようだが、そう誹《そし》られても致《いた》し方ない。もっとも粟《あわ》や黍《きび》といった「穀」は見たこともないのだけれど。

とはいえ、長く無為徒食を張るというのもなかなか骨が折れるものなのだ。いかに金をかけずに無為に過ごし、いたずらに飯を食うか、が毎日の、いや人生の最大の命題となる。幸い徒食のほうは、飯にありつけるツテはあるので（要するに実家なのだが）、そう窮《きゅう》することもない。

問題は無為のほうで、何せ金がないから金をかけずに時間を過ごすとなるとこれが案外難しい。ちょっと何かしようとするとまず金を取られるのがこの国の経済システムだからだ。映画館で時間を潰すのにも、ひとりカラオケでストレス発散しようにも、まず金が必要。無為の本領、ただブラブラと歩きまわり喉《のど》が渇《かわ》いたので喫茶店《きっさてん》にでも入ろうかとすると、これまた金が要る。

これらの悩《なや》みを一挙に解決してくれるのが図書館だった。冷暖房《れいだんぼう》完備、飲みたくなったら冷水機、座れる場所があり、雑誌から専門書まで本は読み放題。長く居座っても決して嫌《いや》な顔をされない。それどころか本を借りると、「ありがとうございます」とまで言われるのだ。普段《ふだん》買い物をほとんどしない僕が、他人から「ありがとうございます」と言われるのは、ここくらいしかない。

その上図書館で働いている人は、みな一様に礼儀《れいぎ》正しい。誰《だれ》に対しても親切で丁寧《ていねい》な対応をしてくれる。みんな誠実そうで善男善女に見える。そういう採用基準なのか、研修等でそういった指導を受けるのかわからないが、性善説を素直に信じてみたくなるような人たちばかりに思える。

今日も午後から図書館に行き雑誌を読んでいると、カウンターで何やらまくし立てている老人がいた。七十代といったところか。カウンターの向こうでは、ショートボブの若い女性館員が両手を前で重ね合わせている。その姿はデパートのクレーム処理係の女性のようだった。いや、まさにそのじいさんはクレームをつけているのだった。

「昨日ここの図書館のホームページで見たら休みって出てたんだよ。だから読みたい本があったのに読めなかったんだ。私はどうしてもその本が昨日読みたかったのに。でも休みなら仕方がないか、と思って諦《あきら》めて今日来たら、昨日もやってたんだってね」

「はい、こちらの図書館は昨日も開館しておりました」

「じゃあなんでホームページに休館って出てたの？」

「さあ、それはちょっと。お待ちくださいませ」

女性館員がカウンター上のパソコンのキーボードを慣れた手つきで打つ。

「今確認しましたところ、昨日も北区内の図書館はすべて開館と表示されていますが」

「そんな馬鹿《ばか》な。私はちゃんと見たんだから。あんた私が嘘《うそ》ついてるって言うの？」

「いえ、そういうわけでは」

「本日休館ってはっきり書いてあったよ。もしやっているってあったら来てたさ。私が来てないのが何よりの証拠《しょうこ》だよ」

「そうでございますか」

女性館員は困りきった顔をしている。

このじいさん、おおかたほかの「北区」の図書館のホームページでも見たのだろう。「北区」というざっくり、いやシンプルな区名はほかの地域にもあるのだ。女性もおそらく気がついている。でも口にしないのは、こういうやからは自分の間違《まちが》いを指摘《してき》されると激昂《げきこう》して手がつけられなくなると心得ているからか。

「私はね、とにかく昨日休みだっておたくのホームページに出てたから来なかったんだよ。だから昨日読みたい本が読めなかったんだっ」

じじい、自分の勘違《かんちが》いは棚《たな》に上げ、そこばかり主張してくる。どうしても昨日読みたい本ってなんなんだ？　別に今日読めばいいだけの話じゃないか。

「ではそちらの本をお持ち致します」

「いやもう結構。それは昨日読みたかった本だから。今日読んだって意味がない」

「申し訳ございません」

理不尽《りふじん》極まりない悪質なクレームであることは明白だった。頭を下げる女性館員を前にじいさんは満足げに微笑《ほほえ》んだ。

「わかりゃあいいんだよ、わかりゃあ」

勝ち誇《ほこ》ったかのように言う。

鼻息の荒《あら》さまで聞こえてきそうだった。

そういうことか。

このじいさん、絶対に反論してこない立場の人に怒《いか》りをぶつけて鬱憤《うっぷん》を晴らしたいのだろう。多分相手も選んでいる。男性にはしなかったはずだ。女性でも年季の入った館員は言い負かされる恐《おそ》れがあるので、やはり避《さ》けたと思われる。一番言いやすい若い女性を狙《ねら》ったのだ。もしかしたら若い娘《こ》の困った顔を見て精神的満足を得るような歪《ゆが》んだ癖《へき》の持ち主なのかもしれない。あるいは単純に若い女性にかまってもらいたいのか。話し相手のいない寂《さび》しい独居老人なのだろうか。

でもいくらひとりで寂しいからといって、こういう人間にはなりたくない。無為徒食の僕にこう思われるのは、人としてかなり最低の部類に入る。じいさんを睨《にら》みつけてやったが、本人は言いたいことを言い、気が済んだのか「まあ、次からは気をつけなさいよ」という捨て台詞《ぜりふ》を残し、去って行った。

解放された女性館員は椅子《いす》に座ると、何事もなかったかのように返却《へんきゃく》された本のチェックを始めた。よくあることなのかもしれないが、気の毒になった。色白で化粧《けしょうけ》気のない顔は高校生ぐらいにも見える。

偉《えら》いな。僕だったらあのじいさんに、途中《とちゅう》でキレるか、なんとかこらえて対応できてもあとはぐったりして仕事の意欲を失うかもしれない。

目が疲《つか》れたので外に出て図書館に隣接《りんせつ》する公園のベンチに座っていると、さきほどの女性館員がトートバッグを肩《かた》から下げ私服で館内から出てきた。時刻は午後五時を少し過ぎたところだった。今日は早い上がりらしい。女性は駅のほうへ歩いていく。

なんとなく気になってあとをつける。こんなことをしてどうする気か、と自分でも思う。

「さっきは大変でしたね」とでも声をかけるつもりか。

まさか。そんなことをしたら気味悪がられて警戒《けいかい》されるのがオチだ。ナンパ野郎《やろう》と思われるかもしれない。だが気になって、あとをつけずにはいられない。

駅が近くなる。女性の歩みが速くなった。その先に同じ年頃の男性が立っていた。女性が手を振《ふ》る。男性も手を挙げて応《こた》える。待ち合わせをしていたらしい。

ふたりは肩を並べ、駅の改札を通り構内へ消えていった。

恋人《こいびと》だろうか。これから一緒《いっしょ》に食事をして、彼女《かのじょ》はクレームじじいのことを話すのかもしれない。やさしい彼《かれ》は憤慨《ふんがい》してくれるだろう。そしてふたりで笑い飛ばす。そういうことができる人がいてよかった。僕が言うのもおこがましいが、本当にそう思った。

そんなことをしているうちに一日が終わった。僕としては有意義に過ごせたほうだ。

家に帰ると部屋に食事が届いていた。隣家の母親が作って置いていくのだ。僕は今二階建てのアパートの一室に住んでいる。木造モルタルアパートという、ニュースでよく「火事で全焼」と報じられているのと同じ建築様式の建物だ。火が出たらひとたまりもない。ここに暮らす住民とは一蓮托生《いちれんたくしょう》だ。火の元にだけは気をつけてもらいたい。そう思うのはやはり大家《おおや》だからか。ボロアパートだが、これは大事な我が家の資産だ。僕は二階の部屋で一人暮らしをしている。一人暮らしといっても実家が隣《となり》なので、独立感ゼロなのだが。もちろん家賃も払《はら》っていない。家賃を払うどころか光熱費は親持ちで、毎月小遣《こづか》いまでもらっているという情けなさである。母親は一応僕を管理人ということにして、毎月僅《わず》かだが管理料という名の小遣いをくれる。実際管理するほどのアパートでもないのだ。

「管理人はそこにいることが仕事だから。掃除《そうじ》や留守宅のお届け物を預かるとか、そういう細々《こまごま》したことがあるから」と母親は言うが掃除は母親が毎日早朝にやってしまうし、お届け物を預かったことなど一度もない。一階の郵便受けと部屋のドアに『管理人室』と母親の手書きの紙が貼《は》ってあるが、僕のことを管理人と認識している住人は一人もいないと思われる。

ここに住み始めたのは、高校を中退したあとだった。父親と大喧嘩《おおげんか》をして追い出されたのだ。追い出されたって行くところもない。母が「しばらくはここで」と言って部屋の鍵《かぎ》を渡《わた》してくれた。

もう十五年くらい前の話だが、中学受験をして全国的にも有名な最難関の中高一貫《いっかん》男子校に受かった。そのときの両親の喜びようったらなかった。父は「自慢《じまん》の息子だ」と何度も言った。それが高校に上がってすぐにやめてしまったのだから、父の怒りと失望は如何《いか》ほどのものだったか。

その父もかなり前に亡くなった。心筋梗塞《こうそく》で急死だった。

いつかはちゃんと謝らなければと思っていたがそれは叶《かな》わず、許してもらうこともできなくなった。実家に戻《もど》るのならそれがいい機会だったのに、それができなかったのは、父親の気配の色濃《こ》く残る生家に戻れば、苛《さいな》まれる気持ちになることが目に見えていて、それが怖《こわ》かった。そこから逃《に》げたのだ。そしてそのまま今に至る。腐《くさ》った心根を持つ人間にふさわしい、腐った生活だ。もはや臭豆腐《チョウどうふ》だ。食べたことはないが、臭豆腐は美味《おい》しいらしい。急に空腹を感じた。母が置いていった保冷袋《ぶくろ》を開けると、かぼちゃの煮物《にもの》と焼売《シューマイ》とお稲荷《いなり》さんとポテトサラダがそれぞれの容器に小分けされていた。

母もこれと同じものを隣家で食べている、ひとりで。そう思うと申し訳なさで胸が詰《つ》まる。

僕は昔から人が普通にやっていることがうまくできない人間だった。人なかに出るのが怖い。絶対何か失敗する。失敗する自信がある。

例えばファミレスでバイトをしたとする。僕は食事を運んでいる最中にいつか必ずなんでもないところで躓《つまず》いてお盆《ぼん》を派手にひっくり返し、料理をそこらじゅうにぶちまけるだろう。最悪、ひっくり返した料理をお客の頭にぶっかけるかもしれない。オロオロ床に這《は》いつくばって無残に散らばった料理をかき集める無様な僕。お客が頭からかぶった料理をひたすら謝りながら拭《ふ》き取る僕。そういう映像が妙《みょう》な現実味を持って頭に浮《う》かぶ。そんなことになるくらいなら働かないほうがいい。お互《たが》いのためにも。それにいくらバイトと言っても、履歴書《りれきしょ》はどこでも必要だろう。誰もが知る有名進学校を中退していたら、絶対そこを突《つ》っ込《こ》まれる。雇《やと》う側からしたら、なぜそこをやめたのか引っかかると思う。有名校に行っていたことが、却《かえ》ってアダになる。だからといって嘘を書くわけにはいかないし。それも働きに出ない理由のひとつだった。

飛び立つのだったら、もっと早い時期だった。その機を逸《いっ》してしまった。引きこもるのが長くなればなるほど、外に出るのが怖くなる。臆病《おくびょう》になる。情けない話だけれども。

「ずっと働かないでいるのも結構しんどいんじゃないの？　いっそ働いちゃったほうが楽なんじゃないかな」

階下に住む中学生の女の子、花《はな》ちゃんに言われたことがある。まったく子供は遠慮《えんりょ》というものがない。それに対しては、虚勢《きょせい》を張ったり、嘯《うそぶ》いたりしてかわしてきたが、本音は人に話すのも恥《は》ずかしいような些細《ささい》なこと、見栄っ張りで浅はかな理由からだった。

要するに僕はただの臆病者なのだ。最悪のケースを想定し、それに当てはめ、「だから僕なんかは外に働きに出ないほうがいいんだ」と結論付け、自分に言い訳する。やる前に諦めるよう仕向けている。傷つくのが怖いから。自分は脆《もろ》いという自覚があるからだ。このままではいけないという思いはもちろんある。だがこのまま行くしかないという気もする。

つまり常に日々悶々《もんもん》としている。

ローリングストーン。転石苔《こけ》むさず。陽《ひ》の当たらない暗い場所でじっとしている僕には、苔でなくびっしりとカビが蔓延《はびこ》り、搦《から》め取られている気がする。

光輝《かがや》く季節ほど、おのれの腐臭《ふしゅう》を強く感じる。

街に新入生や新社会人が溢《あふ》れる春がそうだ。彼らは希望の塊《かたまり》だ。思わず目を背けてしまう。夏も人々が活動的になる季節だ。カビむす僕にはつらい。

図書館が休みの月曜日には、公園に行くことが多い。でも気をつけなければならないのは、ただベンチに座ってぼーっとしているだけでも、怪《あや》しい人と見做《みな》されてしまう点だ。その視線の先に、幼い子がいたりしたらもういけない。そっちから僕の視界に勝手に入ってきたというのに、まるでこちらが悪いかのように、若い母親は険しい視線を僕に向け、子供を抱《だ》き上げ場所を移動する。

まあ平日の昼間に、無精髭《ぶしょうひげ》を生やした若い男が公園にひとりでいたら、不審《ふしん》がられても仕方がないのかもしれない。ここで何かあったら、真っ先に不審人物として挙げられるだろう。普通に歩いていても座っていても「不審者」認定されてしまう。それはこちらにも原因があるのだろうけど。

そんな僕だから、向こうから声をかけられてとても驚《おどろ》いた。

「あの、すみません」

声に振り向くと、白いレースの日傘《ひがさ》を差した若い女の人が立っていた。すらりとしてかなり背が高い。レモンイエローのサマーセーターに黒のロングスカートを穿《は》いている。

「あ、えっと、僕ですか？」

「はい」と頷《うなず》く女性。昼下がりの公園。

僕は木陰《こかげ》のベンチで、いつものようにぼーっとしていた。

なんだろう、何かの勧誘《かんゆう》かもしれない。そう思い一瞬《いっしゅん》警戒する。いつも警戒される側の僕が。

「ちょっとお聞きしたいんですが、北町《きたまち》小学校はこのあたりですか？」

なんだ、道を尋《たず》ねたかっただけか。一瞬でも不審に思ったことを心の中で詫《わ》びる。いつも不審者扱《あつか》いされている僕だからこそ。

「スマホで調べてきたんですけど、このアプリ、全然違うほう指《さ》しちゃって、迷っちゃったんです。私の見方が悪いのかもしれないけど」

女性が艶《つや》やかな桜貝を思わせるマニキュアが施《ほどこ》された指先でスマホの画面をタッチする。

僕はスマホを持っていないのでよくわからないが、そういう機能があるらしい。

「北町小学校ですか。僕の出た学校ですよ」

「そうなんですか？」

女性の顔が花開いたように明るくなる。綺麗《きれい》な人だ。右頬《みぎほお》にほくろが並んで三つある。

それすら魅力《みりょく》のひとつに思えた。

「ここからだと、ちょっとわかりにくいかも。あの、よかったら案内しましょうか？　どうせ帰り道だし」

自分でも意外なほどすらすらと言葉が出た。彼女に善い人だと思われたいという気持ちがあった。

「いいんですか？　でもなんだか悪いわ、こんな暑い中」

「いえいえ、どうせ暇《ひま》ですし。あ、ちなみに僕、見た目より全然怪しくないですから。これはホントです。武器もなんも持ってないですし」

両手のひらを広げて見せる。僕は基本外出時は手ぶらなのだ。女性が声を立てて笑いほっとする。

ふたりで歩き出す。午後三時過ぎ。一番暑い時間帯だ。

女性が僕に日傘を差し掛《か》ける。距離《きょり》が近くなってどきっとする。

「あっ、あ、大丈夫《だいじょうぶ》です。僕帽子《ぼうし》持ってるんで」

ジーンズの後ろポケットにねじ込んだキャップを取り出す。だがすぐにやっぱり日傘に入れてもらえばよかったかな、と思い返す。不意に近づかれた瞬間、女性からふわりといい香りがした。

「あ、あの、こちらに来たのは初めてですか」

「はい、駅も初めて降りました」

「北町小学校にはなんの用で？」

言ったあとで、突っ込みすぎたかと反省する。

「ちょっと知り合いが働いているんで、それで」

さらりと答えてくれたので安堵《あんど》する。

「でも向こうには来ることを伝えていないし、今日いるかどうかもわからないんだけど」

昔お世話になった先生とかだろうか。でもあまり詮索《せんさく》するのもよくないか。

「あ、僕、賢人《けんと》って言います。松下《まつした》賢人」

「私は、えっとフミ、オ」

「えっ、フミオ？」

「いえ、フミヨです。文代《ふみよ》。文章の文に代々木《よよぎ》の代で文代」

「僕は賢《かしこ》い人と書いて賢人なんですけど。本人全然違うんですけどね」

文代さんが、ふふふと柔《やわ》らかく笑った。

「文代さんか。なんか古風でいいですね」

「田舎《いなか》の祖父が付けてくれたんです」

風雅《ふうが》な響《ひび》きのある奥《おく》ゆかしい名前が彼女に合っていると思った。

北町小学校の校舎が見えてくる。

「あれです。あの白い建物」

「ああ、あれが」

文代さんがため息をつくように言った。門が閉まっている。鉄柵《てっさく》の間から校庭を覗《のぞ》くが人影《ひとかげ》はない。校庭の隅《すみ》にうさぎ小屋があって、花壇《かだん》があって遊具があって。僕がいた頃《ころ》とそう変わっていないように見える。いつでも来られる場所にあるが、改めてこうして立ち止まって見るのは卒業以来かもしれない。

「今、夏休みですもんね」

文代さんが柵に手をかけ言う。声にがっかりした気持ちが滲《にじ》んでいた。

「お知り合いの方って、ここの先生ですか」

「え、ええ。でもずっと長いこと会ってなかったから」

文代さんが目を伏《ふ》せた。

「そうですか。でも先生たちは来てるんじゃないかな、夏休み中でも。僕のいた頃とは先生たちもだいぶ変わってるだろうけど。あ」

「どうしたんですか？」

「僕の知ってる子で、少し前にこの学校を卒業した子がいるんですよ。いま中学二年だから、一年半前か。その子に聞けば何かわかるかもしれない」

「えっ、ホント？」

「ええ、この近くに住んでるので、行ってみますか？　せっかくここまで来たんだし」

「でもいきなり押《お》しかけたりしたらご迷惑《めいわく》じゃ」

「その点は大丈夫です。そんな気を使うような家じゃないから」

「じゃあ是非《ぜひ》お願いします」

文代さんが真剣《しんけん》な目で僕を見つめる。僕の中に彼女の役に立ちたいという気持ちがむくむく湧《わ》いてきた。彼女、文代さんのために、何かできることがあればなんでもしたいと思った。そのままアパートに向かう。

「あそこの一階に住んでいる子です。夏休みだから多分家にいるんじゃないかな。今朝も見かけたし。休みだからってどこかへ遠出するような親子じゃないから」

ベランダに洗濯物《せんたくもの》が盛大にはためいていることからも、それは知れた。もしいなくても待っていればすぐに帰ってくるだろう。あ、待っていれば、って、僕の部屋でか？　いやそれはまずいだろう、いくらなんでも。今日会ったばっかりなのに。それに何より僕の部屋は人を招き入れられるような状態ではない。こんなことなら掃除をしてくればよかった。掃除をしなくて後悔《こうかい》したのは初めてだ。でもまさかこんな展開になるなんて予測もできなかったのだから仕方がない。

「松下荘《そう》。えっ、松下ってもしかして」

日傘を閉じた文代さんが、アパートの入口にある傾《かたむ》きかけた看板を見て言う。

「あ、はい。一応オーナーです。ボロアパートですけど」

「そんな。すごいですよ。東京でこれだけの地所持ってるなんて」

「いやそれほどのもんじゃないですよ。僕はひとりでこの二階に住んでるんですけどね」

「一人暮らしですか？」

「ええ、でもこの隣の家に母が住んでるんです」

「え、こちらの一軒家《いっけんや》も？　すごい。資産家なんですね」

「いやいやいやいや」

なんだか自慢しているようで気が引けたが、文代さんにはいいところを見せたかった。これといってほかに誇れるものがないのが情けないところだが。

一〇一号室の木目のドアをノックする。昔流行《はや》ったブーブークッションのような間抜《まぬ》けな音のする呼び出しブザーも付いてはいるのだが、いつも用があるときはノックして外から声をかけている。

「花ちゃん、いる？　僕、賢人だけど」

内から人の動く気配がしてドアが開き、花ちゃんが顔を出した。

「なあに？」

「あの、ちょっと聞きたいことがあるんだけど」

「え、何を？」

花ちゃんの視線が僕の後ろにいた文代さんを捉《とら》える。

「こんにちは」

文代さんが一歩前に出て会釈《えしゃく》する。

「この方、文代さんって言うんだけど、北町小学校の先生について教えてほしいことがあるんだって」

花ちゃんが目を瞬《またた》かせている。驚いて声も出ないという顔だ。

「花、どうしたの？　賢人が腹減って飯食いに来たんなら上がらせてやんなよ」

花ちゃんの母親も奥から出てくる。

「おひょっ」

母親も僕の横にいる文代さんを見て驚いたようで奇妙《きみょう》な声を上げる。

「なんか、北町小学校の先生のこと、聞きたいんだって」

花ちゃんが母親に言う。

「それなら尚更《なおさら》立ち話もなんですから、中へどうぞ、どうぞ。上がってください。狭《せま》くて汚《きたな》いとこですけど、もう建物自体が古くてボロいからどうしようもないんですわ」

「オーナーの前でそれ言います？」

「だってホントのことじゃん」

母親と僕の会話に文代さんがころころと笑う。本当に笑顔が素敵な人だ。

文代さんに先に入るよう促《うなが》す。

「失礼します」

文代さんが靴《くつ》を揃《そろ》えて上がるのに続いて、僕もサンダルを脱《ぬ》ごうとすると、花ちゃんが白い濡《ぬ》れタオルを放《ほう》って寄越《よこ》した。

「賢人はそれで足の裏拭いてっ」

「なんだよ、俺は散歩から帰ってきた犬かよ？」

「犬のほうがまだましだよ。ちゃんと躾《しつ》けられてるから。賢人は言われなきゃやんない」

渋々《しぶしぶ》足の裏を拭くと、白いタオルが思っていたより黒くなり自分でもぎょっとする。サンダルでブラブラしていると確かに足の裏は汚《よご》れる。

「ついでにそれで顔も拭いたら？　脂《あぶら》でギトギトだよ」

「これ、足拭いたやつじゃんか」

「顔も足の裏も似たようなもんだよ。地続き、地続き」

そう言いながらも花ちゃんは新しい蒸しタオルを渡してくれる。それで顔を拭くと、さっぱりして気持ちがよかった。

折脚《おりあし》テーブルが真ん中に置いてある六畳《じょう》の和室に通される。畳《たたみ》は相当日焼けしているが、室内は片付いている。クーラーが効いているのもありがたかった。いつだったか花ちゃんが、ひとりのときはなるべく我慢してクーラーをつけないと言っていたが、今日は母親がいたらしい。平日だが仕事は休みだったのか。

「今日はまた一段と暑いから。はい、どうぞ」

母親がグラスに注いだ麦茶を出してくれる。

「いただきます」

よく冷えていて美味しい。文代さんも美味しそうに飲んでいる。

「それで一杯《いっぱい》、一円もしないの。麦茶ってすごくない？　夏の救世主だわ」

言いながら、今度は大きい皿を運んできた。クッションの中身を取り出したようなものが載《の》っている。

こ、これは一体。

「今日洋菓子《ようがし》工場のアウトレットに行ってきたの。午前中の早い時間に並ばないと売りきれちゃうんだよ。スポンジケーキの切り落とし、お一人様ひと袋限りだから、花と行って買ってきた」

大衆食堂の大皿料理のようにこんもりと盛られたそれは、こげ茶色の部分がところどころにあり、茶トラ猫《ねこ》が丸まっているようにも見える。

「すいませんね、こんなつまんないもんしかなくて」

この家の場合、件《くだん》の定型句は謙遜《けんそん》ではなく、事実であることが多い。

「でも正規品のケーキに使われてるのと同じスポンジだから、味はいいんだよ」

そう言うと母親が塊の一番上を手摑《てづか》みで崩《くず》し取って食べ始める。

「もーっ、そうやって出した人が一番先に食べるーっ」

花ちゃんが咎《とが》める口調で言う。

「だって私が最初に食べなきゃみんな手を出しづらいだろうと思ってさ。さあ、遠慮しないでどうぞ、どうぞ」

「遠慮するようなものじゃないでしょ。でも本当に味はいいんです」

花ちゃんが小皿とフォークを僕と文代さんの前に置いてくれた。文代さんが「いただきます」と言ってフォークで上手にスポンジケーキ（の切り落とし）を小皿に取り分け、まず僕の前に置いてくれる。英国式アフタヌーンティーに招かれたのかと錯覚《さっかく》を起こしそうになるくらい優雅な手つきで。

花ちゃんと母親も文代さんの所作をじっと凝視《ぎょうし》している。ついで僕と文代さんの顔を交《こう》互《ご》に見比べ不思議そうな顔になる。

スポンジはしっとりしていて確かに味はよかった。文代さんもフォークで口に運んだそれを美味しそうに食べている。こんな家で出された得体の知れないものでも、躊躇《ちゅうちょ》なく食す彼女に好ましい感情が湧いてくる。

「えっと改めて、こちらは文代さん」

「あ、いきなり押しかけてすみません。き、木之内《きのうち》文代です」

「あ、田中花実《たなかはなみ》、中二です。こっちは母です」

花ちゃんと母親がぺこりと頭を下げ、それからふたりして聞きたいことではちきれそうな顔をこちらに向ける。

「今日の午後、親水《しんすい》公園にいたら北町小学校へ行く道を聞かれたんだよ、文代さんに。あそこからじゃちょっとわかりにくいから案内してあげたら、学校閉まっててさ。いま休みだからだろうけど、文代さんの知り合いの先生がいるんだって。でも長いこと会ってないって話で。じゃあ少し前にここを卒業した子がいるから、その子に聞いてみようかってことになって」

正直に話すと、隣で文代さんが頷く。

「そうだったんですか。でもどの先生のことだろう？　私の知ってる先生かな？」

「木戸《きど》、木戸光雄《みつお》先生です」

「ええっ、木戸先生っ？」

花ちゃんと母親の声が重なる。

「ご存知《ぞんじ》なんですか？」

「ご存知も何も、花の担任だった先生ですよ。五、六年のときの」

「えええっ」

今度は文代さんの声が大きくなった。

「ちょっと待っててね」

母親が立ち上がり、戸棚から海老茶《えびちゃ》色の背表紙の冊子を取り出す。

卒業アルバムのようだ。

「ええっと、あった、あった」

開いたページにクラスの集合写真が載っていた。真ん中に座っているスーツの男性が、木戸先生らしい。思っていたより若い。僕と同じくらいかもしれない。てっきり文代さんの恩師だと思っていたから、もっと年配の人を想像していた。

「こんな写真もあるよ。卒業式で撮《と》ったやつ」

母親が茶色い角封筒《かくふうとう》からスナップ写真を数枚取り出す。黒い礼服を着た母親と花ちゃんの真ん中に木戸先生が写っている。先生は泣きはらしたような顔をしている。

「先生ひとりの写真もありますよ。花が撮ったんだよね」

ほころびかけた桜の木の下で先生が所在なさそうにひとり佇《たたず》んでいる。

「ああ、そうです。木戸、木戸先生です」

文代さんの声がかすかに震《ふる》えている。瞳《ひとみ》も黒々と潤《うる》んでいた。そんなに会いたかったんだ、この先生に。

「木戸先生、学校ではどんな感じだったんですか？」

文代さんがこみ上げてくるものを抑《おさ》えるように、握《にぎ》り締《し》めた白いハンカチで口元を押さえながら花ちゃんに訊《き》く。

「えっと、とてもいい先生でした。やさしくて教え方もわかりやすかったし。いろんなことを知っていて、私は今でも先生の言葉を時々思い出すことがあります。特にちょっと不思議な話が好きみたいで、未確認飛行物体とか怪現象《かいげんしょう》とか予知夢の話をよくしてくれて、みんな楽しく聞いてました」

「そうですか、そうだったんですか。よかった。じゃあクラスの子に慕《した》われていたんですね」

「ええ、まあ。私は好きな先生でした」

「ほかには何か、木戸先生のことで覚えていることはありませんか？」

「うーんと、あっ、そういえば『絆《きずな》』っていうテーマで作文を書く課題が出たとき、先生が自分のお兄さんの話をしてくれたことがありました。先生は二人兄弟で、少し歳《とし》の離《はな》れたお兄さんがいるそうなんです。子供の頃遊んでもらったことや、勉強を教えてもらったこと、運動会を見に来てくれたことなんかを話してくれましたね。今は離れて暮らしているけれども、とても深い絆で結ばれているんだって言って、一人っ子の私は羨《うらや》ましく思ったのでよく覚えているんです」

「お兄さん、絆。木戸先生がそんなことを」

「はい、確か兄弟ふたりにしかわからない秘密のサインがあるんだとかなんだとか。それはいくら訊いても教えてくれなかったんですけど」

「ああっ」

文代さんが嗚咽《おえつ》を漏らし、崩れるようにして顔を覆《おお》う。

「ど、どうしたんですか？　だ、大丈夫ですか？」

三人でうろたえる。

「すみません。いろんなことが思い出されたものですから。ごめんなさい」

「あの、立ち入ったことを訊くようですが、木戸先生とはどういうご関係ですか？」

母親が僕の一番知りたかったことを口にしてくれた。

「昔からの知り合いです。ずっと小さい頃からの。でも彼にはとてもすまないことをしてしまって。それはもう許されないくらいのことで。私は彼のことをひどく裏切ってしまったんです。とても傷つけてしまった。謝っても謝りきれません。でも彼のことを忘れたことは一日もなくて。今でもずっと思い続けているんです」

「あ、あの、木戸先生のことを、ですか？」

母親の問いに、ハンカチで目頭を押さえながら頷く文代さん。花ちゃん親子はふたりとも唖然《あぜん》としているようだった。

文代さんが忘れられない人。今でもずっと思い続けている人。それって。

「今日も、とても合わせる顔などないんですけど、せめて遠くからでもその姿をひと目見ることができたら、と思ってここまで来てしまったんです」

「そうだったんですか。あの木戸先生に、こんな人がいたなんて」

母親もさすがにしんみりした声になる。

「あ、もしかしたら」

母親が携帯《けいたい》を取り出し、何やら操作し始める。

「花が在学中に一緒にＰＴＡの役員やってたお母さんがいるんですけど、まだ下の子が小四だから、ちょっと確認してみますね、『夏の学校』のこと。『夏の学校』って、夏休み期間中、教室を開放して先生が勉強を見てくれるんですよ。希望者だけですけど。宿題やドリルを持ち込んでわからないところを訊いたりできるんです。花も行ったことあるよね？」

花ちゃんが頷く。

「それがそろそろある頃じゃないかな。そしたら先生たちは確実にいるから」

「直接会えなくてもいいんです。今はその勇気もないから。遠くからでも見ることができたらそれで」

「そこまであの先生のことを」

母親と花ちゃんが顔を見合わせる。

そんなことを話しているうちに、ぴろりん、という軽《かろ》やかな電子音がして母親が携帯の画面を開く。

「夏の学校、ちょうど明日から始まるって。木戸先生、今五年生の担任だから、午後四時まで教室やってるそうですよ。だから明日また行ってみたらどうですか」

「明日ですね。わかりました、そうしてみます。ご親切にいろいろありがとうございました」

文代さんが深々と頭を下げる。

「いえいえ、先生の姿が少しでも見られるといいですね。私も、あの木戸先生にこんな方がいたって知ることができて、なんだかとっても嬉《うれ》しいです。ね、花」

「はい、すごく驚いたけど、私も嬉しいです。なんか私も会いたくなっちゃったな、木戸先生に」

木戸先生は、よほど魅力的な男性らしい。チリチリした痛みを感じた。

「よかったら、その写真お持ちください。木戸先生がひとりで写ってるやつ」

「えっ、いいんですか？」

文代さんの顔が、ぱっと明るくなる。

「もちろん。最初は木戸先生単体の写真なんて別にいらんわ、と思ったけどあのとき撮っといてよかった」

母親の発言はちょっと失礼な気がしたが、文代さんは気に留めるふうでもなく、「ありがとうございます」と言ってその写真を大事そうに両手で包み込むようにして胸に当て、お辞儀をした。

花ちゃん宅をあとにすると、外は日が暮れていた。

京浜東北線《けいひんとうほく》で帰るという文代さんを駅まで送っていくことにした。彼女は大丈夫だと言ったが、僕がもう少し話をしたかったのだ。

「今日は本当にありがとうございました。松下さんには本当に親切にしていただいて。なんてお礼を言ったらいいか」

「いや、僕なんか大したことしてないですよ」

「そんなことありません。松下さんがいなかったら、ミツ、いえ木戸先生のことも詳《くわ》しくわからなかったし、第一小学校まで行けなかったと思います。途中で引き返していたかも。私は意気地なしだから」

文代さんが視線を落とす。長いまつげが影を作る。

「あっ、あの、も、もしっ、よかったら明日、僕も一緒に行きましょうか？　北町小学校に」

「えっ、でもそんな、悪いわ。そこまで松下さんを巻き込んじゃ」

「いや全然っ、全然ですよ。ホント、僕なら大丈夫ですから」

「そうですか。もしそうしてくださるなら、私もとても心強いです。じゃあお言葉に甘《あま》えてお願いしていいですか？」

「もちろん」

喜んでっ、という言葉が出かかったが、かろうじて飲み込む。

明日午後三時に駅前で待ち合わせをして、それから北町小学校へ向かうことを約束し駅で別れた。文代さんは改札を通ったあとに一度振り向き、笑顔で手を振ってくれた。こんなふうにして誰かとやさしいさよならをするのは初めてだ。

帰り道、空の低い位置にやけに大きな月が出ていた。

名月の季節にはまだ早いと思うが、今頃の月も十分に美しい。月明かりってこんなに明るかったっけ。月の輝きが心の中まで照らすようで、自然と弾《はず》んだ足取りになる。気がつくと鼻歌まで出ていた。明日が待ち遠しいなんていつ以来だろう。この月を文代さんもどこかで見ているだろうか。


昨夜は早めに床《とこ》に就いたがなかなか寝《ね》つけなかった。それでもいつもよりずっと早い時間に目が覚めた。何せ今日僕はやることがいっぱいあるのだから、いつものように惰眠《だみん》を貪《むさぼ》っている暇はない。まず開店前に千円ヘアカットの店に並び、一番に散髪《さんぱつ》してもらう。

「どのようにしますか？」

「さっぱりと、清潔感第一で」

そう、何よりもそれが大事だ。今までの僕とは対極にあるものだが、今までの僕ではダメなのだ。だからその真逆に自ら飛び込む。オバチャン美容師に、思った以上に刈《か》り込まれたが、清潔感は打ち出せた。よし。

次に良質なカジュアルファッションが手頃な値段で手に入る人気の衣料品店に行く。爽《さわ》やかなミントグリーンのボタンダウンシャツとライトグレーのチノパンを買う。自分の中の「好青年」をイメージした組み合わせだ。自分で服を買うのは何年ぶりだろう。昨日着ていたTシャツとジーンズは、母親がスーパーのワゴンセールか何かで買ってきたもので、もう十年ぐらい着ていた。我ながら物持ちのよさ、いや服装に対する無頓着《むとんちゃく》さに今更《いまさら》ながら呆《あき》れる。帰ったらあんなものはさっさと処分してしまおう。部屋に置いておいたら、負の気を呼び込みそうだ。ついでにインナーシャツとパンツと靴下も買う。

自分で自分を刷新していく。そんな感じに軽く興奮していた。靴流通センターで、ベーシックだが「押さえてる」感のあるローファーも買う。足の裏が真っ黒になるサンダル(そもそもこのサンダル自体が汚いのだ)とは、もうおサラバだ。

アパートの部屋に帰ると、母親が置いていった昼食を急いで摂《と》り、歯を磨《みが》きシャワーを浴びる。体も頭も念入りに洗う。前に使ったのがいつか思い出せないくらいのドライヤーを部屋の隅からようやく見つけ出し、髪《かみ》を乾《かわ》かす。最初焦げ臭《こくさ》い匂《にお》いがしたので、火でも吹《ふ》くかと思ったら、吹き出し口についたホコリが焦げているらしかった。朝から無駄《むだ》なくフル稼働《かどう》で動き回ったが、あっという間に家を出る時間になってしまった。

階段を下りていくと、ちょうど部屋から出てきた花ちゃんに会う。

「うわっ。うそっ。賢人？　賢人なの？　うわっ、びっくりしたあ。一瞬、わかんなかったよっ」

ひどく驚いているようだが、悪い気はしない。

「え、もしかして、昨日の人、文代さんと会うとか？」

「おっ、さすが、察しがいいね」

「そうなんだ。だから、か。へえ、そうなんだ。でも今日の賢人、すっごくいいよ。かっこいい。まさか賢人にこんな言葉を使う日が来るなんて思いもしなかったけど。そうだよ、賢人は、背も高いし、スタイルもいいんだからさ。顔だってよく見ると整ってるし」

「へへっ、そうかい？」

自然と笑みがこぼれる。

「うん、ずっと庭の隅《すみ》で放《ほ》ったらかしにしてた泥《どろ》だらけのきったない人形を掘《ほ》り出してよーく洗ってみたら、意外によかったというか、こうして改めて見るとモノはよかったんだなあ、って気づかされた感じ」

「そのたとえはともかく、ありがとう、と礼は言っておくよ」

今日も日差しが強い。猛暑日《もうしょび》の予報が出ている。昨日の夜洗っておいたキャップをかぶる。本当はこれも買い換《か》えたかったのだが、資金が尽《つ》きそうなので諦めたのだ。キャップは母親が信用金庫主催《しゅさい》の日帰り旅行で静岡《しずおか》に行ったとき、お土産《みやげ》として買ってきてくれたものだった。紺《こん》色の生地《きじ》にただ「ＪＯＹ」と白い刺繍《ししゅう》がしてあるだけのそれは静岡感ゼロで、なぜこれがお土産なのかわからなかったが、逆にそこがよくて使っている。一年ぐらい前にもらったので、僕の持ち物の中では新しい部類に入る。

昨日は手ぶらだったが、今日は黒い布製のリュックに財布を入れてきた。このリュックも母親がパン屋のポイントを十何年も溜《た》めてもらったものだが、一応メーカー品なので初めて使ってみた。こうして見ると、改めて自分は、衣食住を母親に頼《たよ》りきっていると思う。感謝とともに、おのれの情けなさをも思う。

そんなことを考えて歩いているうちに駅が見えてきた。約束した通り、改札を出たところに文代さんが立っている。今日はレモンイエローのワンピースだった。文代さんはこの色が好きらしい。好きなだけあって、確かに彼女によく似合っている。

彼女もこちらに気づいたようだ。笑顔になり軽く手を振る。僕も手を振り返しながら駆《か》け寄る。いつかこんなことがあった気がしたが、それは以前駅前で目にした、女性図書館員とその恋人との光景だった。

恋人、僕たち傍《はた》から見たらそう見えるだろうか？

「すいません、遅《おそ》くなっちゃって」

「いいえ、時間通りですよ。私が早めに来ちゃったんです。家にいても落ち着かなくて」

肩をすくめる。そんなに木戸先生に会いたいんだ。

「髪、カットされたんですか？」

文代さんが手をハサミの形にして髪を切るジェスチャーをする。

「はい、ちょうどそろそろ切りに行こうかと思ってたんで」

「夏らしくて、素敵ですよ」

聞いたか花ちゃん。素敵だってよ、この僕のことを。彼女が、文代さんがっ。

「それじゃあ行きましょうか」

文代さんが日傘を開く。猛暑だが、彼女のような色白の女性が日傘を差した姿は涼《すず》やかに見える。

「木戸先生、会えるといいですね」

そう口に出すと、かすかな苦味がこみ上げる。

「いえ、それは正直怖いです。ここまで来ているのに、私にはそこまでの覚悟《かくご》ができていないんです。情けない話ですけど」

「そんなことないですよ。情けなさじゃ僕のほうがずっと上ですよ」

彼女から笑いがこぼれる。

「本当に遠くから見るだけでいいんです。もしそれが叶わなくても、あの子の、彼のすぐ近くまで行けただけでも十分です。長い間ずっと遠く離れていたから」

それってやっぱりふたりは昔付き合ってたってことですよね、それで何かがあって（彼女の言葉を借りれば、彼女の裏切りによって）別れてしまって、でもずっと忘れられなくて、何年経っても思いを断ち切れずこうして会いに来てるんですよね？

一気に吐《は》き出してしまいたかったけれど、こらえる。

学校に着いた。やはり正門は閉じているが、脇《わき》の通用門は開いているようだ。

だが今時の小学校は勝手に入ることはできない。昨日のように鉄柵の隙間《すきま》から内を窺《うかが》う。窓越しにでも姿が見えればいいのだが。

「学校に何か御用《ごよう》の方ですか？」

水色の制服を着た警備員さんが出て来て声をかけられる。

制服の胸に大手警備会社の社名が縫《ぬ》いとられている。今は公立の小学校も民間の警備員さんが常駐《じょうちゅう》しているらしい。そういえば正門に警備会社のステッカーが貼ってあった。人のよさそうな初老のおじさんだが。

マズイな、不審者と思われただろうか。全身から汗《あせ》が噴《ふ》き出る。

「あ、私たち、近々このあたりに引っ越してくる予定で、子供をここに通わせることになるので、どんなところか気になって見に来たんです」

そう言って文代さんが僕の腕《うで》に自分の腕を絡《から》める。

え、え、えっ？

「そうでしたか。もしよかったら、中に入って見学されますか？　建物の中には入れませんが、花壇や飼育小屋やビオトープならご覧になれますよ」

「えっ、いいんですか？　嬉しい。せっかくだからそうさせてもらいましょうよ、パパ」

「あ、う、うん」

文代さんに手を引かれるようにして校内に入る。十数年ぶりの母校だ。

「ではこちらの来校者カードにご記入願います」

入口にある警備員さんの詰所《つめしょ》のようなところでそう言われ、またドキンとするが、文代さんが「はあい」と答え、ペンを取ってサラサラと記入し始める。

見ると住所や氏名、電話番号を書く欄《らん》がある。そこへ文代さんは新宿区の住所と携帯番号を躊躇なく書き付けている。こういうのはとっさにデタラメはなかなか書けないものだ。きっと本当に文代さんの住んでいるところなのだろう。そういえば僕は文代さんがどこに住んでいるのか、何をしているのかも知らないのだった。あんまり聞くのも警戒されると思って聞き出せなかったというのもあるが。名前の欄を見てさらに驚く。

松下賢人。〃文代。

僕のフルネームをきちんと覚えてくれていたことにも心が震えたが、その下に並んで「文代」と書かれているのにも、どきりとする。

苗字《みょうじ》を同じくするという意味の「〃」。

そうだ、僕らはこの小学校に子供を通わせる夫婦として、これから見学するのだ。

僕はパパなのだ。

機転の利く文代さんの頭のよさに感心する。僕ひとりだったら、挙動不審になりきっと怪しまれていた。その点若い夫婦なら信頼《しんらい》を得やすい。若い夫婦。僕と文代さんが。

「さあ、行きましょうか」

記入を終えた文代さんが再び僕の手を取る。頭がぼーっとするのは暑さのせいだけではなさそうだ。

飼育小屋や花壇は僕が通っていた頃とほとんど変わっていなかったが、ビオトープというものが新しくできていた。立て札の説明書きによると、ビオトープとは「生物生息空間」という意味で、水辺の生態系を人工的に再現しているらしい。池に蓮《はす》やホテイアオイが浮いている。チラチラと水の間を動いているのはメダカのようだ。この周りは少しだけ涼しいような気がした。

教室の窓は閉まっていてカーテンが引かれている。今時の小学校は公立でも冷暖房完備らしい。文代さんの目はずっと校舎に向けられている。もしかしたらあの窓の向こうに木戸先生がいるかもしれない、そんな思いでひとつひとつの窓を見ているのだろうか。

不意にチャイムが響き、その音の大きさにはっとする。チャイムをはっきりと耳にしたのも、久しぶりだ。昔と同じ音色のような気もするがどこか違うようにも思う。

子供の歓声《かんせい》が建物の奥から聞こえ、下駄箱《げたばこ》がある昇降口《しょうこうぐち》がにぎやかになった。

手作りらしい手提《てさ》げ袋を手にした子供たちがわいわいと出てきた。

子供はなんでもないのになぜあんなに楽しそうなんだろう。何を言っているのかは聞き取れないが、何かが嬉しくてしょうがないような動きをしている。

「先生、さよおなら、おなら、おならぷーっ」

男の子がお尻《しり》を突き出して言う。周りの友達が全身で笑う。

同じことを僕の同級生も言っていた。それを聞いて僕も笑っていたっけ。子供というのは、十何年経ってもこういうところは変わらないらしい。だが、この子たちはみんな水筒を首から下げている。僕の時代は持っていなかった。冷水機があったのは中学からか。小学生のときは、水道の水を飲んでいた。文字通り、水飲み場で。

そんなことを考えていたら、文代さんにぐいっと腕を引っ張られた。思いのほか強い力で、ちょっとよろける。

細いのに意外に力があるんだな。

「何？　どうしたの？」

文代さんが「静かに」というように、唇《くちびる》の前に人差し指を立てる。

その視線の先に、男性が立っていた。

「先生、さようなら」

「気をつけて。また明日」

子供たち、ひとりひとりに声をかけている、その人は昨日写真で見た木戸先生だった。

「きどきどきどきど、ドッキドキーッ。ドキドキ先生さようなら」

「妖怪《ようかい》キドッち、バイバーイ」

そんなふうに言われても、別段怒《おこ》る様子もなく「プリントちゃんと手提げに入れたか」などと言っている。花ちゃんが言っていたように子供に好かれている先生らしい。

僕たちはその様子を物陰に隠《かく》れてじっと見ていた。文代さんは瞬《まばた》きさえ忘れたように目を見開いている。

先生、一瞬でもこっちを見てくれないかな。いや、見てくれないほうがいいのか、でも。

逡巡《しゅんじゅん》しているうちに、先生は児童全員を見送ると、呆気《あっけ》なく校舎内に戻ってしまった。

体の力が抜ける。知らず知らず緊張《きんちょう》していたらしい。文代さんも大きなため息をついた。

「行きましょうか」

文代さんが静かな声で言った。
文代さんに誘《さそ》われて駅前のファミレスに入った。
「喉渇いちゃった。どこかで冷たいものでも飲みませんか？　松下さん、お腹空《なかす》いてませ
ん？　私なんだかすっごくお腹空いちゃって。今日は付き合ってくださったお礼に何かご
馳走《ちそう》させてください。ねっ」
にっこり笑って言われたが、無理して明るく振る舞《ま》っているように思えた。
「はああ、生き返るーっ」
ドリンクバーのコーラを一気飲みした文代さんが言う。平日のせいか店内は空いていて
窓際の席に座れた。店舗《てんぽ》はビルの二階にあり、街並みと下を行き交う人が見おろせた。ゆ
っくりと茜色《あかねいろ》に暮れていく夏の空も。
「アルコールもあるのね。松下さん、ビールとかは？」
文代さんがメニューを見ながら言う。
「いえ、大丈夫です。あんまり強いほうじゃないんで」
「そうなんですか。私は普段仕事で飲んでるから」

「えっ、どんなお仕事されてるんですか？」

「お酒をお出しして接待するような、ラウンジっていうか、そういうとこです」

「ああ」

自然な流れで職業は聞き出せたが、正直そっち方面はよくわからない。ラウンジとクラブとバーの違いがわからない。

「新宿のね、『ムーンライト』っていうお店です」

「ムーンライト」

「今夜は月が出るかしら」

文代さんが窓の外に目をやった。さっきより紺色が濃くなった気がする。文代さんの顔が陰ったように見えるのはそのせいだろうか。

歳はいくつなんだろう。僕と同じくらいに見えるけど。

女性に年齢《ねんれい》を訊くのは失礼だよな、やっぱり。

でも知りたいことがたくさんある。

「今日は付き合ってくださって本当にありがとうございました。ひとりでは行く勇気が出なかったかもしれません。これで気持ちの整理がつきました。ミツ、いえ、木戸先生の頑《がん》張《ば》っている姿をこの目で見られて、私も私の進むべき道をしっかり歩いていこうって、心を新たにしました。本当にありがとうございました」

そう言って頭を下げる。

「そんな、僕なんて大したことしてませんよ。でもこれで文代さんが吹っ切れたのならよかったです」

そうだよ、文代さん、そんなやつのことはさっさと忘れて、なんていうのはアルコールが入っていても言えないだろうな。

「そういえば今日駅で待っているとき、松下さんに連絡《れんらく》先を聞いてなかったな、って思ったんです。いつもなら絶対聞くのに。考えたら、携帯の番号をお互い交換《こうかん》もしないで待ち合わせをするって、子供の頃以来だなあって思って。どうしてか絶対来てくれるっていう確信があったから全然不安じゃなかったんですよね。でもよかったら連絡先、教えてくれませんか？　ラインでもいいですけど」

文代さんがバッグからスマホを取り出す。

「あー、僕、スマホ持ってないんです」

「えっ、あっ、でも、それなら別にガラケーでもいいですけど」

「いや、ガラケーも何も、携帯類は全然なんにも持ってないんです」

「えっ、そうなんですか、珍《めずら》しいですね。じゃあおうちの電話番号とかは？」

「実は部屋にも電話がなくて。何かあったら実家にかけてもらえれば、母親が出ると思います。そこから呼び出してもらって」

馬鹿にされるかな、と思ったが、文代さんは、

「わあ、なんかそういうの、逆にいいですね、とっても新鮮《しんせん》です。携帯類をまったく持っていないっていうのも、かっこいいですね。大勢に流されないという姿勢が素晴らしいと思います」

目を輝かせて言う。

「いや、そんな立派なもんじゃないんですけど」

実際そうなのだ。必要性がないから持っていないだけのことだ。連絡を取り合うような友人も恋人もいないから。何か信念があって持っていないわけじゃない。

「でもその必要性が出てきたら、すぐに持つと思いますよ」

「そういう臨機応変に対応できる柔軟性《じゅうなんせい》がまたいいですね。じゃあ私の番号だけ教えておきますね」

文代さんが上質そうな革表紙の手帳にブランド名の入ったワインレッドのペンを走らせ、そのページを破り取ると僕の前に置いた。

「じゃあスマホを持ったら連絡くださいね。一番最初に。ね」

上目遣いで僕を見る。

持ちますっ、持ちますともっ。心の中で叫《さけ》んでいた。

「あの、もしかして今日もこれからお仕事ですか？」

帰りの時間が気になったので尋ねた。

「いいえ、今日は休みを取ったので大丈夫ですよ。ああ、なんか飲みたくなっちゃったな。お休みの日はなるべく飲まないようにしてるんだけど、まあいいわ、今日は特別、賢人さんと一緒だから。そうだ、乾杯《かんぱい》しましょうよ、形だけでいいから」

小首をかしげる文代さん。ドキンとする。「賢人さん」と初めて名前で呼ばれたせいかもしれない。顔が熱くなる。

僕が頷くと、文代さんはグラスワインを二つ注文した。ロゼワインだった。オレンジがかったピンク色の液体が光を受けてきらめいている。

「ロゼって、薔薇《ばら》色っていう意味ですよ。ラヴィアンローズ。薔薇色の人生。私と賢人さんのこれからの人生にカンパーイ」

グラスを合わせると、華《はな》やいだ音がした。薔薇色、こんな色の月をいつだったか見た気がした。ワインはほどよく冷えていて、果物のような芳香《ほうこう》があった。ワインを口にした文代さんは顔をほんのり赤く染め、右頰に三つ並んだほくろまで上機嫌《じょうきげん》のようだった。

ふたりでよく食べよく飲んだ。話もいろいろした。他愛《たわい》もないものだったけど、なんでもないことを話せるのが親しい証《あか》しのような気がした。僕は久しぶりにひとりではない食事を楽しんだのだった。

食事を終えて外に出ると濃紺《のうこん》の空に月が出ていた。

満月に近い。今夜は特に輝いているような気がする。

「駅すぐそこですけど、少し歩きませんか？　私、月の綺麗な夜はなぜか歩きたくなっちゃうんです」

文代さんにそう言われたので、駅前から少し外れた道を歩くことにした。

昼間の熱気がまだ残っていたが、夜風があって心地よかった。川沿いの遊歩道を歩く。

川面が光を映して輝いている。街の明かりか、それとも月の光だろうか。

「月ってこうして見ると本当に手が届きそうに思えますよね」

「名月を取ってくれって泣く子を詠《よ》んだ俳句とかあったなあ」

「私を月に連れてって」

「えっ」

文代さんの言葉に、驚いて立ち止まる。

「私を月に連れてって」

今度ははっきりと、僕の目を見て言う。瞳が艶めいて潤んでいる。

「フライミートゥザムーン。ジャズのスタンダードナンバーです。聴《き》いたことあると思いますよ。いろんな人が歌っているから。フランク・シナトラとかドリス・デイとか」

文代さんがメロディを口ずさむ。確かに耳にしたことのある旋律《せんりつ》だ。

「いいですよ、行きましょう、月。どこでもお連れします。文代さんが行きたいところに」

文代さんが、弾《はじ》けたように笑う。『フライミートゥザムーン』を口ずさみながら、軽やかなステップで踊《おど》り出す。月明かりの下、スカートを指でつまんでくるくる回る。レモンイエローのワンピースを着た文代さん自身が月の光を受けて輝いていた。

ルナ、月の女神。

「ねえ、踊りましょうよ」

「え、え」

文代さんは戸惑《とまど》っている僕の手を取り、片方は自分の細い腰《こし》に回す。その腕に文代さんの手が添《そ》えられる。

ふふふっ。

文代さんが僕を引き寄せ耳元で笑う。甘い香りがする。

「私を月に連れてってって」

くすぐるようにささやく。

これは夢かな。頭がくらくらする。ときめきが止まらない。ときめきに死す。そんなタイトルの小説か映画があった気がする。

ああ、本当にときめきで死にそうだ。世界一幸福な死に方かもしれない。

誰も知らない月夜の舞踏会《ぶとうかい》。

『フライミートゥザムーン』。魅惑のスウィングで踊り続ける。

「さっき言ったこと、ほんと？」

「え」

「私を月に連れてってくれる、って」

「もちろん本当、本気です」

口にして言うと、それは可能な気がした。いや、絶対に叶えてみせる。

「でも私が本当に行きたいところは、月じゃなくて、大分《おおいた》なの」

ステップが止まる。文代さんの目が僕をまっすぐ射抜く。

「え、大分？」

「私と木戸先生の生まれ故郷なの」

ああ、そういうことか。故郷の大分にいた頃、ふたりは付き合ってたんだ。

「もう何年も帰っていないんだけど。私が悪いんです。随分《ずいぶん》不義理をしてしまったから、帰れないの。私にとって大分は月よりも遠いところ。でも故郷から離れた歳月《さいげつ》が長くなればなるほど、帰りたい想いが募《つの》るんです。故郷の海や山、生まれ育った家、それに両親のことを夢にまで見るの。そんな夢を見たときは、自分の涙《なみだ》で目が覚めて、それでまた泣いてしまうの」

言いながらみるみるうちにその目が潤みを増す。月を映す湖面のように、瞳には月の光が宿っていた。

「行きましょう、大分っ。ふたりでっ」

気持ちが出すぎて、でかい声になった。

「絶対行きましょう、大分。今日みたいに、ふたりでっ」

念押しのように、さらに力強い声で言う。

「本当にやさしいんですね、賢人さんは。あなたにそう言われると、なんだか本当にできそうな気がしてくるわ。ありがとう、ありがとう」

潤んだ瞳で見つめられる。

「じゃあ約束してください。私をいつか大分に連れてってくれるって」

白い小指を差し出す。指切りをするのなんていつ以来だろう。いや子供の頃ですら、したことはなかったかもしれない。

文代さんの小指に自分の小指を絡めると、意識が月どころか、遥《はる》か冥王星《めいおうせい》の彼方《かなた》まで吹っ飛んだ気がした。


一夜にして世界が変わる。そんなことがあるのだとしたら、今朝がまさにそれだろう。一夜にして世界が大きく変わっていた。目にするものすべてが美しく輝いて見える。昨日までは気に留めることもなかった小鳥のさえずりさえも、祝福しているかのように聞こえる。

ミュージカルだったら、ここで枕《まくら》を放り投げて歌い、踊り出すところだ。

ああ、窓を開けて世界中の人に知らしめたい。自分は今、恋をしているんだと。

体の奥底から溢れ出るエナジーを感じる。愛の力だ。この世を動かすのは愛なのだ。

昨日の夜、帰ってきてから洗濯したシャツとチノパンはもう乾いている。簡単な朝食を摂ってシャワーを浴び、着替《きが》えて外に出ると、花ちゃん親子と自転車置き場の前で会う。花ちゃんは制服姿だから部活だろうか、母親もこれから仕事のようだ。最近出勤が以前より遅い。比較的《ひかくてき》身体の負担が少ない仕事に変えてもらったらしい。

「うわっ、こんな時間から動いている賢人を目にするなんて、ここに来て初めて。しかも朝からきちんとした格好してるし」

朝の挨拶《あいさつ》もそこそこに親子して驚いた顔を僕に向ける。

「ホントだ。花から聞いてにわかには信じられなかったけど、本当に見違えたよ。一体どうしたん？」

「愛ですよ、愛」

「も、もしかして文代さんのこと？」

「ほかに誰がいます？」

「あの人って、仕事とか何してるの？」

さすが子供はダイレクトに訊いてくる。

「新宿の『ムーンライト』っていうラウンジで働いてるんだって」

「新宿、ラウンジ」

ふたりは困惑の表情を隠そうともしない。

「あーっ、夜の仕事だからって色眼鏡《いろめがね》で見るのはやめてくれよ。文代さんがどんな人かは君たちも一昨日《おととい》会ってわかったと思うけど、本当に素晴らしい人なんだから」

「そらまあ、すごい美人だし。でもそれだけに、なんつーか、その、ふたりは付き合ってるとかなの？」

母親が眉根《まゆね》を寄せて訊く。

「そこまではっきりとじゃないけどさ、でも彼女に『私を月に連れてって』とは言われたよ。だから連れてく約束はした」

「は？　月？　何言ってんの？　あんたはゾゾの社長じゃないんだよ？」

「だから月じゃなくて実際行くのは大分なんだけどね」

「なんでいきなり月が大分になるんだよ？『月と六ペンス』は聞いたことがあるけど、

月と大分は聞いたことがないよ」

「彼女にとって、大分は月より遠いとこなんだよ」

「さっぱりわかんないんだけど」

花ちゃんが口を尖《とが》らせる。

「つまり恋するって素晴らしいってことだよ。世界が一変する。花ちゃんはどう？　恋してる？　若いんだからさ、恋をしなきゃ。命短し、恋せよ乙女《おとめ》だよ。おばさんだって独身なんだし、いくら枯《か》れ尾花《おばな》でも、あともうひと花ぐらい咲《さ》かせなきゃ」

「枯れ尾花って、枯れすすきのことじゃないかよ」

母親がむくれる。

「う、浮かれている、浮かれまくっている、あの賢人が」

花ちゃんが唇をわなわなさせている。

「浮かれたっていいじゃないか、それが恋なんだから。今浮かれなくてどうする？　いつ浮かれるの？　今でしょ」

「古いっ。もう林《はやし》先生本人も言ってない。賢人にこんなことを言わせるなんて、恋って恐ろしいっ」

花ちゃんが身震いするように自分で自分の両腕をさする。

「浮かれまくって大気圏突破《たいきけんとっぱ》しているよ。こりゃ落ちてきたときおおごとだぞ。大怪我《おおけが》どころじゃない。木っ端微塵《こっぱみじん》だっ」

叫ぶようにして母親が言う。

「おっと、こんなことしている場合じゃないや。僕、これから行くところがあるので、失礼」

「あの賢人が、明確な目的を持って行動している。あの賢人が」

まだ何やら言っている親子に背を向け朝イチで図書館に向かう。

そう、僕は今日やることが山ほどあるのだ。まずCDコーナーに行って、『フライミートゥザムーン』が収録されているアルバムを探す。ラッキーなことに、文代さんが言っていたシナトラとドリス・デイのベストアルバムが在架《ざいか》していた。

それから進学資料コーナーで、高卒認定についてのパンフレットを片《かた》っ端《ぱし》から手に取る。

自分がまた学校へ行こうという気になるなんて思いもよらなかったが、これには文代さんの元カレ、木戸先生のことが大いに関係している。

彼は教員なのだからもちろんきちんとした大学を出ているのだろう。別に張り合うわけじゃないが、気後れはしたくない。木戸先生のような公務員を目指すのは今からでは厳しいだろうが、いずれ何かの資格を取りたい。

家族を養っていくには、ちゃんとした職に就かないと。

家族を養う、まさか自分がそんな考えを持つようになるとは。北町小学校で、文代さんと若夫婦を演じたのは何かの兆しだったのかもしれない。一種の予知のような。

しかし人生ってわからないものだ。僕が誰かを好きになれるなんて。それも女の人を。やはりあれは、あのときの感情は、思春期特有の一時的な熱病のようなものだったのだろうか？　なあ安武《やすたけ》。安武も結婚《けっこん》して今は海外に住んでいると聞いた。

今度は僕の番だ。僕も幸せになるよ。

シナトラとドリス・デイのＣＤを借り、高卒認定のパンフレットをいくつかもらって、図書館をあとにする。まだ昼前だ。

家に向かう途中で「月」という文字が目に飛び込んでくる。

「名物　月見うどん　そば」と染め抜かれた蕎麦《そば》屋の幟《のぼり》だった。ふと見ると店の入口に「アルバイト募集《ぼしゅう》」と書かれた紙が貼られている。

脳に何も考える隙を与《あた》えず、店内に入る。

「らっしゃいませーっ」

威勢《いせい》のよい声が迎《むか》えてくれる。

「あの、表の貼り紙見たんですけど。アルバイト募集の」

「ああ、バイト希望の人？　じゃあちょっと奥来てくれる？」

店内はまだそれほど混んでいなかった。これから忙《いそが》しくなるのだろう。店主らしい短髪の中年男性のあとについて厨房《ちゅうぼう》に入る。厨房では店主と年格好が似たくらいの女の人がふたり、ネギを切ったりもやしを袋から出したりして、忙しく動き回っていた。

「いくつ？　学生さん？」

「いえ、えっとフリーターです。二十七歳です」

「そう。じゃあすぐ来られる？　明日からとか大丈夫？」

「え、でも履歴書とかは？」

「んなもん、いらないいらない。見ればわかるよ。あんたちゃんとしてるから」

ちゃんとしている。初めて言われた。

「でも一応連絡先と名前だけここに書いといて。それじゃあ明日の午前十一時から入れるかな？　時給は千二十円からで当面は十五時まで。やれそうだったらもう少し延ばしてもいいし。定休日は火曜。できれば毎日入ってほしい。それでどうかな？」

「はい、よろしくお願いします」

ものの数分で決まった。呆気ないほどだった。越えてしまえばどうということはない。現実ってそんなものなのかもしれない。でも後押ししてくれたのは間違いなく文代さんだ。店主にちゃんとして見えたのも、文代さんが僕を変えてくれたからだ。やはり愛の力は偉《い》大《だい》だ。今ならなんだってできる気がする。

バイトをして貯《た》めたお金でまずはスマホを買う。小遣いを前借りすればすぐにでも手に入るのだが、そこは自分で働いて得たお金でなんとかしたい。

数年ぶりに実家の戸を開けた。

ちょうど母親が昼食の用意を終えたところだった。いきなり玄関《げんかん》先に現れた息子に驚いたらしいが、仏壇に線香をあげたい、と伝えると「夢じゃないかね」と言いながら迎え入れてくれた。

線香をあげ仏壇に手を合わせる。久しぶりに見る遺影《いえい》の父は穏《おだ》やかな顔をしている。

「今日昼、ここで食べていいかな？」

「へっ？」

母は奇妙な声を上げたが、すぐに「いいに決まってるさ。ここはあんたの家なんだから」と目を潤ませた。

居間で向かい合って食事をするのも何年ぶりだろう。茄子《なす》の煮浸《にびた》しにほうれん草の味噌《みそ》汁《しる》、甘口の麻婆豆腐《マーボーどうふ》。ご飯は僕が昔使っていた萩《はぎ》の花が描《えが》かれている茶碗《ちゃわん》によそってくれた。これで食べていた頃、父はまだ生きていた。胸の奥が痛み、慌《あわ》てて部屋の四方に目をやる。隅に置かれた文机《ふづくえ》の上の造花と、電話の下のレースの敷《し》きものには見覚えがあった。僕が小学生の頃からあるんじゃないだろうか。その横に幼稚園《ようちえん》の制服姿で笑っている僕の写真が飾《かざ》られている。柱には僕がクレヨンで落書きした下手な絵がまだ残っていた。犬か猫を描いたものだが、自分でもどっちだったか忘れてしまった。母はこれをどんな思いで目にしていたのか。

私にとって月よりも遠いところ。

僕にはすぐ隣にあるこの家が遠かった。ここに来るまでに何年もかかった。

「明日からバイトするんだ。駅前の蕎麦屋さんで。最初はそんな長い時間じゃないけど」

「へっ、バイト？　賢ちゃん、働くの？」

口の端にご飯粒《つぶ》をつけた母が目を見開く。

「うん、それから高卒認定も受けようと思ってる。まずは高校卒業の資格取って、大学に行ってちゃんと就職してそれから多分、いやきっと結婚もする」

「ええっ、賢ちゃんが就職？　結婚？　なんだか今日は驚かされるばっかりで、もう、もう夢じゃないかね」

　エプロンで目頭を押さえる。

「今までごめん。いろいろと。こんな言葉ひとつで許されるとは思ってないけど、本当にごめん」

　素直に言葉が出てくる。

「そんな、謝ることじゃないよ。すぐ近くにいてくれたんだから。どこかもっと遠く、知らないところに行っちゃってたら毎日生きた心地がしなかったろうよ。子供が家を出て行方知れずなんて、親は命が削《そ》がれる思いだよ。どこにいるんだろう、今頃どうしているんだろう、生きているのか死んでいるのか。親は半身を引きちぎられたようにつらくて毎日息をするのもやっとだよ。でも賢ちゃんはいてくれたんだもの、すぐそばに。それだけで十分だよ」

　それを聞いて僕も泣きそうになる。

ごめん。もう一度心の中で言う。

「これからは親孝行するよ。今までの分もまとめて。とりあえず近々大分に行くことになると思うから、お土産買ってくるよ。何がいい？」

「へっ、大分？　急に言われてもわかんないよ。大分に名物なんかあったかね？」

「大分に失礼だな。海があるから干物とか湯布院《ゆふいん》の蒸し饅頭《まんじゅう》とかいろいろあるだろ」

「んじゃそれでいいよ」

「なんか投げやりだな」

「これ以上望んだらバチが当たりそうだからだよ。あんまり欲をかかないのさ」

そう言ってまた目尻を拭《ぬぐ》った。

明日からのバイトに備え午後からスニーカーを洗って（買って以来だ）、洗濯をした。飲食店は清潔感が第一だ。帰ってきてからずっとシナトラとドリス・デイの『フライミートゥザムーン』を聴いている。シナトラはさすがの歌唱力だし、ドリス・デイのしっとりと染み入るような歌声もいい。

夕刻、今夜の月はどうだろうかと窓を開け空を見ていると、ドアをノックする音がした。

うちに訪ねてくる人なんて決まっている。募金や勧誘以外では母親と下の親子と、あとは、まさか文代さん？

「賢人、いるーっ？」

花ちゃんの声がした。

「なんだ、花ちゃんか」

言いながらドアを開けると、花ちゃんの母親もいた。

「何？　どうしたの？」

「う、うん。今日これ職場でたくさんもらったからさ」

母親が手に提げていた白いビニール袋を差し出す。中には缶《かん》コーヒーが四本入っていた。賞味期限はまだまだ先だ。この母親にしては珍しい。いつもくれるものは大抵《たいてい》賞味期限がギリギリか、下手すると当日というものがほとんどだから。

「あ、ありがとう」

「うん、暑いときは水分摂らないとね。で、その、職場で新宿に詳しい人がいてね、主に呑《の》み屋街だけど、給料のほとんどを呑んで使っちゃうような人なんだけど、その人に聞いたら『ムーンライト』って、その界隈《かいわい》じゃ有名な店みたいなんだよ。でも、なんていうか、賢人が行くようなお店じゃないよ」

「なんで？　高級な店だから、僕なんか行けないって言うの？」

「いや、そうじゃなくてさ。合わないっていうか、逆に合いそうで怖いというか」

「言ってることがわかんないんだけど。でももともと僕は文代さんが勤めているお店に行く気はないよ。それじゃ普通の客になっちゃうからね。ただの店の客のひとりになるつもりはまったくないからね」

「だったらいいけど。その、文代さんって、背高いよね。あそこまで大きい人ってあんまりいないよね。女性じゃ滅多《めった》にいないよね。うん、いないいない、女性じゃいない」

「だよね。モデルみたいだよね。いや、モデルもできるんじゃないかな、あれだけ綺麗な人なら」

「うんうん、確かに。えっとそうじゃなくて、そんな綺麗な人がさ、大丈夫かなって」

この母親にしては珍しく歯切れが悪い。

「僕とは釣《つ》り合わないってこと？」

「いや、そうじゃない。そうじゃないんだけど」

「文代さんが夜の仕事だからどうのこうの言うのはやめてくれよ。僕にとってはあの人は、聖なるファムファタール、運命の女性なんだから」

「運命の女性。いや女性っつーか、なんつーか、いや女性か」

母親が腕組みをして首を振る。

「そうだよ、僕の運命を変えてくれた女性だよ。今日アルバイトも決めてきたし、これから高卒の資格を取って大学に進学するんだ。彼女がいなくちゃここまで変われなかった。そう、もう今までの僕じゃない。ここまで変われたのは、文代さん、彼女のおかげなんだ」

黙《だま》り込む親子。

「彼女は月の女神でもあるんだよ」

「め、女神。女神って」

「ルナ。月の女神だよ。暗闇《くらやみ》の恐怖《きょうふ》を拭ってやさしい光で僕を包んでくれるんだ」

再び沈黙《ちんもく》したふたりが顔を見合わせる。

「わかったよ、賢人がそこまで言うのなら、私たちにできるのは、木っ端微塵になって、それこそ塵芥《ちりあくた》にまでなった賢人を、ひとつ残らず拾い集めてやることだけだよ。吸引力の変わらないただひとつの掃除機、ダイソンで」

「うち、ダイソンじゃないよ」

花ちゃんが醒《さ》めた口調で言う。

「うん、吸引力がすぐに落ちるやつな、もうゴミパックぱーんぱん」

「掃除機の話をしに来たの？」

「いやそうじゃなくて、月には昔から人を惑わせ狂《くる》わせる力があるって言われてるから」

「今度は狼男《おおかみおとこ》の話？」

「月の裏側を見る覚悟はあるか、ってことだよ」

「は？　何それ？」

「いつも私たちが見ている、私たちに見せているあの面だけが月じゃないってことだよ。その裏側があるからね」

「それは誰でも、なんでもそうなんじゃないの？　とにかく僕は大丈夫だから。愛の為《ため》に生きるって決めたから」

「あ、愛の為に」

「もう無為徒食とは言わせない。今日からは愛の為に生きていくんだ。愛為完食だよ。愛の為になんでも残さずきれいに食べて元気に学んで、頑張って働くんだっ」

「学ぶ、働く。あの賢人が」

「僕は生まれ変わったんだよ。新生したんだ。もはや新生児だっ」

「し、新生児……」

新・松下賢人を目の当たりにしたふたりは、その熱い思いにしばし気圧《けお》されていたようだったが、ようやく納得したのか引き上げていった。心配してくれるのはありがたいが、度を過ぎればお節介《せっかい》というものだ。

今夜もまた月が輝いている。CDプレーヤーの再生ボタンを押し、部屋の明かりを消す。月光がまっすぐ伸《の》びてここまで届く。この光をたどれば、本当にすぐに月まで行けるような気がする。

私を月に連れてってって。

文代さんの声が耳元で蘇《よみがえ》る。月光がささやくような心地よい声。

彼女のためならどこにでも行く。どこにだって行ける。

『フライミートゥザムーン』のメロディと月光が溶《と》け合って部屋を満たしていく。

明日バイトに着ていくシャツとチノパンは、もうすっかり乾いていた。

気づけば自然とステップを踏《ふ》んでいる。昨夜彼女と踊ったように。

月の光の中、ひとりで踊り続ける。エンドレスの旋律を。

人は会うべきときに、会うべき人と出会っているのだという。確かにあの子のことを思うと、それはあると感じる。

あの子、マチと初めて会ったのは、小学六年の秋、小児外科病棟《しょうにげかびょうとう》だった。

もともと胃腸が弱かった私は、すぐにお腹《なか》を壊《こわ》し、祖母の手をしょっちゅう煩《わずら》わせていた。祖母は私が風邪《かぜ》をひいたり、体調を崩《くず》すと露骨《ろこつ》に不機嫌《ふきげん》になる。そしてそのたびに「隙《すき》があるから風邪をひく」「病は気から。お前は気で負けている。気を張っていれば病気になんかならないんだよ。病気になるのは、病気に負けたってことだ」と言った。

祖母は「お産と虫歯以外は病院に行ったことがない」というのが自慢《じまん》の人だった。

そんな祖母に育てられたから、少しぐらいの痛みや不調は我慢する癖《くせ》が付いてしまっていた。それが仇《あだ》になった。腸《はらわた》を大男がぎりぎりと雑巾絞《ぞうきんしぼ》りしているかのような痛みで、額に脂汗《あぶらあせ》を浮《う》かべ畳《たたみ》の上でのたうちまわる私を見て、さすがの祖母も慌《あわ》てて救急車を呼ぶ事態になった。私の住む町からはかなり遠い、県庁所在地にある大きな病院に運び込《こ》まれた。診断は腸閉塞《ちょうへいそく》。それもかなりこじらせた状態だったらしい。即《そく》入院、すぐに手術となった。緊急《きんきゅう》を要する手術だったので、私の意思も覚悟《かくご》も関係なく、よくわからないうちにすべてのことが素早く的確に行われ、気がついたときには終わっていた。おかげで恐怖《きょうふ》を感じる暇《ひま》もなかった。このときばかりはさすがに祖母の嫌味《いやみ》も引っ込んだ。

もし母がいてくれたらここまでひどくはならなかったと思う。母だったら、私が体調を悪くしても、絶対に怒《おこ》ることなどせず、やさしい言葉をかけてくれただろう。それだったら私も些細《ささい》な不調でも言いやすく、大事には至らなかったはずだ。

両親は、私が四歳《さい》の頃《ころ》に離婚《りこん》していた。原因は嫁姑《よめしゅうとめ》問題だった。それまでは祖母と両親と私とで一軒家《いっけんや》に暮らしていた。当時田舎《いなか》の家ではまだまだ三世代同居が当たり前だったのだ。遠い記憶《きおく》の中で、祖母と母はいつもいがみ合っていた。ときには祖母の手が出るような喧嘩《けんか》になった。母は一切反撃《はんげき》をせず、やられっぱなしだった。そして最後は母の土下座で終わる。そこまで行かないと収まらないのだった。母が家を出ていったのも当然かもしれない。祖母に言わせると「出来の悪い、ガラクタ嫁を、おん出してやった」ということになるらしい。

父は出張の多い勤め人で、長期の不在が当たり前だった。仕事というのは本当だろうが、常に一触即発《いっしょくそくはつ》の母親と妻の険悪さが充満《じゅうまん》した家には帰ってきたくなかった気持ちもあったと思う。

離婚するぐらいなら別居すればいいと思うし、実際そんな話も出たようだが、そのたびに祖母が「私を捨てる気かっ」と取り乱して喚《わめ》き散らし、結局父は母親を選んだのだ。父は一人っ子で、中学生のとき、交通事故で父親を亡くしていた。それから女手ひとつで自分を育てて大学まで出してくれた母親を、父は捨てられなかったのだ。

祖母は今でも母を時折口汚《くちぎたな》く罵《ののし》ることがあるが、母でなくとも、この祖母とうまくやれるお嫁さんなど、この世にいないだろう。祖母の言葉は常に辛辣《しんらつ》で、鋭利《えいり》な刃物《はもの》のように人の心を容赦《ようしゃ》なくえぐる。そういうことを言わずにはいられない人だった。人を褒《ほ》めたことなど一度もない。長所は見て見ぬふりをし、短所ばかりをあげつらう。

孫の私にもきつい人だった。甘《あま》やかすと自堕落《じだらく》な人間になる、お前の母親のように、とよく言っていた。気味の悪い虫を目にしたかのように忌々《いまいま》しく顔をしかめて。お前はあっちの血を引いているのだから、より厳しく律して育てなければならない、とも。

叩《たた》かれることもあった。痩《や》せて骨ばった祖母の手で叩かれるのは痛かった。母もさぞかし痛かったろう。

その頃の私がすがった唯一《ゆいいつ》の光は、遠縁《とおえん》のおばさんが私の前で漏《も》らした言葉だった。

「離婚したといっても、お父さんとお母さんはお互《たが》いを嫌《きら》いになって、別れたわけじゃないんだよ。あのおばあさんがいなかったらねえ。だからおばあさんが亡くなったら、お母さんは戻《もど》ってくるんじゃないかね。夫婦仲はよかったんだからさ」

おばあちゃんが死ねばお母さんは戻ってくる。

それは至極自然なことに思えた。それが離婚の原因だったのだから。そのことがなくなったら、問題は解決する。

おばあちゃん、いつ死ぬんだろう。

さすがに人前で口にすることは憚《はばか》られたが、それは私にとって明らかに希望だった。

まあ年寄りだからそれほど長生きはしないさ。

なんて残酷《ざんこく》なことを考える孫だろうと非難されるかもしれないが、子供にとっては、やはり祖母より母のほうが恋《こい》しいものなのだ。

手術のあと、三日ほど個室にいたが四日目には四人部屋に移された。と言っても、そこには女の子ひとりしかいなかった。

「よかった、あんたが来てくれて。先々週、隣《となり》の子が退院してからずっとひとりだったんだよ」

女の子は、人懐《ひとなつ》こい笑みを浮かべた。髪《かみ》が男の子みたいに短い。

「こちらは田中真千子《たなかまちこ》ちゃん。しのぶちゃんと同じ小学校六年生よ。仲良くしてね」

若い看護婦さん（当時はまだこう呼んでいた）がそう言った。その女の子、真千子ちゃんはタオル地のようなピンクのパジャマを着ていた。サイズが大きすぎるのか、真千子ちゃんが痩せているからかダボダボだった。

「しのぶちゃん、って言うんだ。どんな字？」

看護婦さんが行ってしまって、ふたりきりになると真千子ちゃんが訊《き》いてきた。

「ひらがなだよ。ひらがなでしのぶ」

この名前も祖母が付けた。母は別の名を考えていたようだが、祖母には逆らえない。お母さんは私になんと付けたかったのだろう。

「私はね『真に価千金《あたいせんきん》の子』って書いて真千子。お母さんが付けてくれたんだ」

真千子ちゃんが自慢気な顔で言う。

「へえ、なんか、すごいね」

価千金の意味がよくわからなかったが、真千子ちゃんがその名を気に入っていることはわかった。

「真千子、ああ、ちょっと前に読んだ小説の主人公がマチルダだったの。マチルダって呼んでいい？」

その頃私は大抵《たいてい》の孤独《こどく》な少女がそうであるように、読書が好きだった。本に救いを求めていたのだ。外国の物語には、特に強く惹《ひ》かれた。今の自分と遠い世界であればあるほど、それは強くなった。だからついそんなことを口にしてしまったのだった。

「へ？　マチルダ？　イヤだよ、こっぱずかしい。だったらマチでいいよ、マチで」

真千子ちゃんは顔を真っ赤にして、目の前で手のひらを振《ふ》ってそう言った。

「じゃあ、しのぶちゃんは、しのぶだから、ぶーさんね」

「えーっ、ぶーさん？」

マチルダのほうがまだいいような気がする。

「もしかして『くまのプーさん』をもじったの？」

「ううん、高木ブーから取った」

「えーっ、なんで？」

本日二回目の「えーっ」だった。

「高木ブーが好きだから。ドリフの中で一番」

「えーっ」

まさかの三回目の「えーっ」が一番大きかった。マチがお腹を抱《かか》えて笑った。

まあいいや。どうせここにいる間だけだ。お医者さんから入院は四週間ぐらいと言われている。

お母さんは私のことを「しーちゃん」と呼んだ。やさしく柔《やわ》らかい声で。今でもその声は耳に残っていて、何度でも脳内で再生できる。そのたびに泣きたい気持ちになる。学校の友達は「しのちゃん」と呼び、祖母と父は「しのぶ」だった。

そういえばマチはどれくらい前からここにいるのだろう。

「うーんと、もう二ヶ月ぐらいになるかなあ」

マチが腕《うで》組みしながら答える。

「そんなに？　どうしたの？　あ、私は腸閉塞で手術したんだけど。お腹を切ったの」

「私もそうだよ。お腹切ったの。で、中の悪いとこ全部取ったからもう大丈夫《だいじょうぶ》」

「そうなんだ。じゃあよかったね」

それにしては入院期間が長いんじゃないかと思ったが、病名や病状を聞いたところでよくわからないだろうから、そう言うだけに留めた。

病室にはテレビはなく、ベッドの頭側の壁《かべ》に埋《う》め込まれたラジオがあり、聞きたいときには専用のイヤホンを差し込むのだが、子供が聞いて楽しいような放送はほとんどなかった。朝七時に検温と脈を取るために看護婦さんが来て、七時半から八時の朝食は部屋まで運んできてくれる。午前中は実習に来ている看護学生と話をしたり、本を読んでもらったりして、昼食を食べたあと、午後はお医者さんの回診《かいしん》があり、体調を訊かれる。午後六時にはもう夕食だった。入浴は週三回で浴室が空いているときに入る。休憩《きゅうけい》室にはテレビと漫画《まんが》が置いてあった。消灯は午後九時。自由時間が結構あった。

祖母は一日置きに来てくれた。私の家はこの病院から随分離《ずいぶんはな》れた田舎町にあったから車の運転ができない祖母は、バスと電車を乗り継いで来る。

最初こそ、私の病気の発見が遅《おく》れた負い目や、さすがに孫を不憫《ふびん》に思ってか、しばらくはおとなしかったが徐々《じょじょ》に元に戻って、チクリチクリと嫌味や当てこすりを言うようになった。何があっても変わらない人だ。

「こんな病気になったのは、うちの血筋にはおらん。胃腸が弱いなんて聞いたことがない。あっちの血だな」

「こんなに何日も学校休んだら、みんなに置いてかれるだろうな。だいぶバカになっちまうだろうな」

挙句、

「子供の頃こんな大病したなんて、嫁に行くとき、障《さわ》りが出るんじゃないかね。嫁にもらう側はそういうことも調べるもんだ」

とずっと先の、あまりにもピンと来ない心配事をくどくどと聞かせられた。

大丈夫、そのときはおばあちゃん死んでるから。

心の中で悪態をつき、右から左に聞き流した。この人の対処法はこれしかない。

それでも祖母は細々《こまごま》と必要なものを揃《そろ》えてくれたし、清潔な着替《きが》えの補充も忘れなかった。やるべきことはきちんとこなす人ではあった。

栄養は病院の食事だけで十分に足りているので、食べ物の差し入れは、禁止とまではいかないが、基本「ご遠慮《えんりょ》ください」とされていた。特に私は胃腸の疾患《しっかん》だったので、消化の悪いものは避《さ》けるように言われていた。

なのにある日、祖母はからあげを大量に作って持ってきた。確かに私の好物ではあるけれど、今はとてもじゃないけど食べられそうにない。

そんなことはお構いなしに、祖母は、

「病気なんかなぁ、栄養があるものをたくさん食べて寝《ね》れば治るんだよ。食べなきゃ治らんよ。治したけりゃあ、無理してでも食べるんだよ」

という乱暴な持論を展開した。

「いらない」と言うと、きっと騒《さわ》ぎになるので「あとで食べるよ」と言って一応もらっておいた。祖母が帰ったあと、捨てるのも気が咎《とが》めるし、どうしようかと思っていると隣のベッドカーテンが開き、「いい匂《にお》い」とマチが顔を出した。

「これ、おばあちゃんが作ってきたんだけど」

「からあげ？　すごいっ。からあげって家で作れるの？」

「え、う、うん」

「すごいっ。美味《おい》しそう」

「じゃあ食べる？」

タッパーごと差し出すと、「いいの？　ほんとに？　うわっ、ありがとう」と言って、タッパーを抱えてむしゃむしゃと食べ出す。それは「誰《だれ》も取らないから、落ち着いて食べなよ」というお決まりのセリフがシャレにならないほどの食いつきぶりだった。

餓鬼《がき》という言葉が浮かんだ。私は仏教系の幼稚園《ようちえん》に行っていたので、僧侶《そうりょ》でもある園長先生から、度々『地獄極楽《じごくごくらく》』の話を聞かされていた。園の室内には地獄極楽を描《えが》いた掛《か》け軸《じく》があちこちに下がっていたし、そういう紙芝居《かみしばい》も見せられた。今思うと、幼い子供の情緒《じょうちょ》には、あまりよろしくないように思えるが、当時は違和感《いわかん》なく受け入れていた。

その地獄絵図の中に、餓鬼が出てきたのだった。生前の悪行により、餓鬼道に落ち、いつも飢《う》えと渇《かわ》きに苦しむ亡者。その亡者が不時のご馳走《ちそう》にありつけたかのような食べっぷりだった。

「美味しいっ。すっごく美味しい。ぶーさんのおばあちゃんは料理が上手だね。いいなあ」

祖母を褒められて悪い気はしなかったが、唇《くちびる》をからあげの油でテカらせているマチに、

「マチの家では、からあげ作ってくれないの？」

と問いかけてやめた。

マチのところには、三、四日に一度女の人が来ていた。

お母さんというには歳《とし》を取りすぎていたし、おばあちゃんにしては若い。交わされる言葉も「おかげんどうですか？」「だいぶいいです」「着替えを持ってきました」「ありがとうございます」とよそよそしい。親戚《しんせき》の人とかだろうか。

「市の職員さんだよ」

訊くとあっさり答えた。

「私のお母さん、今、体調悪くて来られないんだよ。だから」

と、そのときだけは伏《ふ》し目になって言った。

「そうなんだ」

それ以上訊くのは、なんとなく憚られた。病弱な人なんだろうか。台所にも立てないくらいに。もしかしたら母親もどこか別の病院に入院しているのかもしれない。

家の人が食べ物を持ってくるのを病院がよく思わないのは、治療《ちりょう》に響《ひび》くから、という理由もあったらしい。食事も治療の一環《いっかん》と考える病院側としては、病院食をきちんと摂《と》ってもらいたいのだろう。特に子供は、おやつの食べすぎで食事を残すようなことがあるので、注意するよう言われていた。

だがそんな心配はマチにはまったく無用だった。大きいタッパーいっぱいのからあげを平らげ、病院食も、皿が洗ってあるのかと思うほどきれいに残さず食べた。この細い体のどこに入るのだろうと不思議だった。

そういえばマチは、

「ここはいいよ。朝昼晩、ご飯がちゃんと出てくるし、横になって眠《ねむ》れるし、何よりみんなが心配してくれるのがいいよ。『変わったとこはありませんか？』『食欲はありますか？』ってみんなが気にかけてくれるから。トイレの回数まで訊いてくれるんだもん」

と嬉《うれ》しそうに言っていた。

「それは病院だから」と思ったが、「できればずっとここにいたいくらいだよ」と夢見るような表情で言うので、言葉が引っ込んでしまった。

私は早く退院して学校へ行きたかった。担任の先生が一度、クラスのみんなの手紙を持ってお見舞《みま》いに来てくれた。手紙を読むと、ますますその気持ちが強くなった。級友のお見舞いは、祖母が断っていたようだった。

「友達に元気な姿を見せつけられたら、お前が惨《みじ》めな気持ちになるだろうからさ」

祖母はそう言ったが、私はそうは思わない、みんなに会いたい、と訴《うった》えると、「他人の病気見舞いなんてものはな、みんな顔じゃあ気の毒そうにして『大変ですね。早く元気になってくださいね』とかいかにも同情したようなこと言うけど、腹の中じゃ『ああいい気味だ。自分じゃなくてよかった』って舌を出して笑ってんだよ。他人なんてそんなもんなんだよっ」と決めつけ、心底うんざりさせられた。

父は入院して十日ほどしてから出張帰りに寄ってくれた。顔を出すなり「元気だったか？」という間抜《まぬ》けな言葉を口にして。

元気なわけないじゃん。病気で手術してここにいるんだから。

もう秋も半《なか》ば過ぎだというのに、父は出張に行く前より日焼けしていた。出張先の台湾《タイワン》のお土産《みやげ》と『ちゃお』の今月号を買って持ってきてくれたが、『ちゃお』はもう手元にあった。普段なら漫画雑誌など買ってくれない祖母だが、手術直後だったので、祖母なりに気を使ったらしい。

「お店の人が、これが人気あるっていうから」

そう言ってベッドの上にぽんと『ちゃお』を置いたが、買う前に訊いて欲しかった。でも「ありがとう」と言って受け取っておいた。父が私のためだけに何か買ってきてくれるなんて、滅多《めった》にあることじゃなかったから。

帰り際、「ああ、またあさってから出張だから」と思い出したように父は言った。

もうここには来られないという意味だろう。「わかった」とだけ言った。

「お父さん、いいね、やさしそう」

父が帰るとカーテンを開けてマチが言った。

「どこが」

そういえばマチのお父さんはどうしているのだろう？　自分が父親不在が当たり前の家だったので、つい今し方まで思いつかなかったのだ。

「いいよぉ。いるだけで。うちはいないから。生まれる前にいなくなったから顔も知らないもん」

自分のほうから言ってくれた。だから私も言いやすくなった。

「うちもね、小さい頃離婚しているの。お母さんが出て行ったんだけど」

「じゃあぶーさんのお父さんとうちのお母さんが結婚したらいいのに。そうしたら私たち姉妹になれるよ。同い年だから双子《ふたご》かな」

「いや、双子にはならないでしょーっ。マチは何月生まれ？」

「九月だよ」

「じゃあ私のほうがちょっとだけお姉さんだ。七月だから」

「お姉さんかあ。いいね、私、お姉さんが欲しいと思ってたんだ」

「私も一人っ子だから姉妹が欲しかったんだ。マチが妹ならいいな、楽しいだろうな」

「なんかおごって、お姉ちゃん」

「いきなり？」

ふたりで笑い合う。笑いながら、そんな少女小説があったような気がした。漫画だったかもしれない。親の再婚で見知らぬ者同士が姉妹になる。私たちの場合は、そんな可能性は万が一にもありえないとわかっていても、こんなことを言い合えるのが楽しい。

「じゃあ早速だけど、これをあげるよ、妹よ」

父が買ってきた『ちゃお』を差し出す。

「えっ、いいの？」

「同じの持ってるから」

「あ、そうだね。私も貸してもらって読んだもん。でもすっごく嬉しいよ。付録もいいの？」

「もちろん」

付録は『ちゃお』特製レターセットだった。

マチの喜びようはこちらが戸惑《とまど》うほどだった。

「こっちもいいよ」

台湾土産を開けてみる。パイナップルケーキだった。果肉入りでしっとりしていて美味しかった。私がひとつ食べる間に、マチは四つも食べた。マチからは、食べるときいつも「この機を逃《のが》したらもう二度と口にできない」というようなただならぬ気迫《きはく》が感じられた。

「あと全部あげるから、明日食べなよ」

「いいの？　ありがとう」

また顔を輝《かがや》かせ、マチは残りをベッド脇《わき》の備え付けの引き出しに大事そうにしまった。

「妹でよかった。いろいろもらえるから。台湾のお菓子《かし》なんて初めて食べたよ。お母さんが来てくれたら、あげるのになあ。お母さんにも食べさせたいなあ」

視線を落とし寂《さび》しそうな顔をして言った。

入院生活は、たまに検査で部屋を空けるとき以外は基本ふたりで過ごした。トランプをしたり、声優になりきって漫画のセリフを読み合うアフレコごっこをしたり、天気のいい日は中庭を散歩したりした。

もみじが濃《こ》い赤に染まり、銀杏《いちょう》の梢《こずえ》の向こうには、トルコ石色の空が輝いていた。入院している間に秋が深くなっていた。

看護婦さんからは「ふたりとも本当に仲がいいのね。姉妹みたいよ」と言われ、お互い顔を見合わせ笑った。中でも楽しかったのは、消灯後、眠りに落ちるまで交わされるおしゃべりだった。話すのは他愛《たわい》もないことで、しりとりや小声で歌を歌うこともあった。

「この前言ったあれのことなんだけど」

ある夜、白い天井を見ながら言う。廊下《ろうか》の電灯の明かりが差し込み、カーテンを閉めても部屋は真っ暗にはならない。それにも慣れた。

「何?」

「マチのお母さんと私のお父さんが再婚したら、って話」

「ああ」

「あれね、ムリだと思うから一応言っとくね。ウチ、おばあちゃんとお母さんの仲が悪くて、それで離婚したのね。お父さんとお母さんがどうのこうので離婚したわけじゃないの。だからね、おばあちゃんが死ん……亡くなったらお母さんが帰ってくることになってるの。だからこの間のあの話はナシね」

「ああ、なんだ、そのことか。うん、いいよ。わかった」

あっさり言われて少し拍子《ひょうし》抜けする。

「でもここにいる間は、姉妹だよ。偽物《にせもの》だけど」

「偽物姉妹か。いいよ、偽物でも。ひとりぼっちよりずっといい」

そう言ったマチが薄闇《うすやみ》の中、じっとこちらを見ているのがわかったが、気がつかないふりをして目を閉じた。マチの黒々と濡《ぬ》れた瞳《ひとみ》を感じながら寝たふりをしていると、隣からも規則正しい寝息が聞こえてきて、私もとろりと眠くなった。


薬は白湯《さゆ》で飲むといいと言われていたので、マグカップを持って給湯室に行った。入る手前で立ち止まる。

耳が『三〇一号室の田中真千子ちゃんが』という言葉を拾ったからだ。午前中実習に来ている看護学生が内《なか》で話をしているらしい。

「あの年齢《ねんれい》で。かわいそうに」

「ね、まだ十二歳なのに。取っちゃったんでしょう」

「うん、ものすごく稀《まれ》な例らしいけど、何万人に一人だったかな、婦長が言ってたけど、えーっと正確には何万人って言ってたっけ、まあとにかく滅多にないらしいけど」

「じゃあもう子供は産めないの？」

「そうでしょ、だって卵巣だもの」

えっ、これって誰のこと？　もしかしてマチ？

「本当に気の毒。だってその上あの子は虐待《ぎゃくたい》も受けてたんでしょ、実の母親に」

「そうそう、だから一度も来ないのよ。来られないのかな。警察捕《つか》まってるとかかも」

「時々来てる女の人は児童相談所の人みたいね。退院したら施設《しせつ》に行くみたい。もっとも小さい頃から施設は出たり入ったりしていたみたいだけどね」

え、え、え、虐待？　施設？

まさか、これマチの話じゃないよね、違《ちが》う子の話だよね？

でもこの病棟で十二歳の女の子って言ったら私とマチしかいない。

マグカップを持つ指先が冷えて心臓がどくどく波打つ。

「あ、もう行かなきゃ。午後の授業始まっちゃう」

出てくる気配があり、慌ててその場を立ち去る。

どういうこと？　卵巣？　虐待？　施設？

馴染《なじ》みのない言葉が頭の中をぐるぐる回る。

まさか、違うよね。マチのことじゃないよね。でも。

病室に戻ると、マチが寝転んで『ちゃお』を読んでいた。もう何十回も読んでいるのに。

「やっぱ面白いね『ちゃお』は。ぶーさんからもらったと思うと、ますます面白く感じるよ」

屈託《くったく》なく笑うマチに「な、何それー」と返すのがやっとだった。

さっきのは違うよね、嘘《うそ》だよね。こんな明るいマチが、そんなことあるはずがない。お母さんにパイナップルケーキを食べさせたいって言っていたもの。虐待なんかされていたらそんなふうに思うわけがない。きっと人違いか何かだよ、きっと。

けれどその夜は、マチの寝息にいくら耳を澄《す》ませてもなかなか寝つけなかった。


病院は五階建てで小児外科病棟は三階、一階に売店がある。

売店に行くとき、外来の横を通るのだが私たちには密《ひそ》かな楽しみがあった。

調剤局《ちょうざいきょく》で働く『河合《かわい》さん』を見るのだ。河合さんは若い女性薬剤師だった。本当は河合という苗字《みょうじ》ではない。当時大人気だったアイドルの河合奈保子《なおこ》に似ていたので、ふたりで勝手にそう呼んでいたのだ。

色白で大きな黒い瞳が印象的な、和風美人だった。その頃はまだ異性よりも、年上の同性に強い憧《あこが》れを持った。かっこいい男の人を見るより、綺麗《きれい》な女の人を見るほうが好きだった。

白衣を着てキビキビと働く河合さんはとても美しかった。

その日も午後から、私たちは売店に行くふりをして河合さんを見に行った。物陰《ものかげ》から覗《のぞ》くと、長い髪を後ろでひとつに束ねた河合さんが調剤局内にいた。

「河合さん、やっぱり綺麗だね」

私が言うと、

「うん、いつ見ても素敵だよね」

マチも深く頷《うなず》いた。

「私も大きくなったら、河合さんみたいな女の人になりたいなあ。薬剤師さんになろうかな」

「いいんじゃない。ぶーさん、白衣似合いそう」

「でもすごく勉強しなくちゃなれないよね、やっぱ。なんとかあんまり勉強しないでなれる方法ないかなあ」

「ないでしょーっ。でも手に職っていうの？　何か資格を取るのはいいよね。私も何かの資格は取りたいんだ。それでバリバリ働いてお母さんにラクをさせたいよ」

マチの口から「お母さん」という言葉が出てきてどきっとする。でもこんなことを言えるのだから、やっぱりあれは間違いだよね。

「高岡《たかおか》さーん。高岡百合子《ゆりこ》さん、いらっしゃいますか？」

河合さんがよく通る愛らしい声で待合室の人たちに呼びかける。

「高岡さーん、高岡百合子さん」

河合さんが一層声を高くすると、

「ああ、すいませーん、高岡です。子供がトイレって言うんで」

そう言いながら幼稚園児ぐらいの女の子の手を引いた女の人が慌ててやってきた。

あっ、と声が出そうになった。出ていたかもしれない。

「高岡百合子さんですか？　今日出ているお薬は」

河合さんが窓口で薬の説明を始める。

はい、はい、と頷きながら聞いている、それは私の母だった。

何年かぶりに見る母親だった。そうだ、下の名前は百合子だった。

傍《かたわ》らにいる女の子は、髪を編み込みにして可愛《かわい》い髪飾《かみかざ》りをつけている。母がしてあげたのだろうか。私の、私のお母さんが。

私のお母さんなのに。

顔がカーッと熱くなった。

河合さんの説明が終わり、薬袋《ぶくろ》を受け取る母。手提げバッグにそれをしまうと、ふっと顔を上げこちらを見た。全身が心臓になったのかと思うくらいドキンと跳ねた。

が、母の視線は私に一瞬《いっしゅん》も留まることなくそのまま素通りし、まるで柱や壁を見るのと変わらないように、その表情には僅《わず》かな変化もなかった。

気がつかなかったのだ。

「どうしたの？」

私の異変を感じたのか、マチが首をかしげ覗き込んでいる。

「あれ、私のお母さん。さっき河合さんと話してた人」

「えっ。あの女の人？　えっ、本当？」

マチが伸《の》びをする。

母は女の子と手をつなぎ、会計窓口のほうに歩き出す。女の子が母に話しかける。母が立ち止まって女の子の耳元に顔を近づける。何を言われたのか女の子がくすぐったそうに笑う。

「でも子供連れてるし、それに、あ」

そこまで言ってマチが口をつぐんだ。母のお腹は、たっぷりとせり出していた。母はこちらを一度も振り返ることなく行ってしまった。

母はもう帰ってこない。祖母が死んだとしても。

はっきりわかった。

それがわかっただけ、いいじゃないか。

二度と帰ってこないものを、待ち続けるのはつらい。

でも母がいつの間にか再婚し子供がいて、今お腹の中に赤ちゃんがいることより、もっとショックだったのは、私を見てもわからなかったことだった。

別れたのが小さいときだったから、あれから何年も経《た》って私も成長しているから、と理由は挙げられるかもしれないが、私はすぐにわかった。

ずっと思い続けていたから。忘れることはなかったから。いつも人混みの中に母の面影《おもかげ》を探し求めていたから。

でも母は違っていたようだ。それが何よりも悲しい。

夕飯も少し残してしまった。本当はまったく食欲がなかったのだけど、食べないで看護婦さんにあとで理由を聞かれても困るので、無理して食べた。味はしなかった。マチも隣のベッドで口数が少なくなっていた。何を言っていいかわからないのだろう。

消灯時間になった。目を閉じると、今日目にしたあの情景が巻き戻されてまた最初から再生されそうで恐《おそ》ろしくなった。

「太陽が昇《のぼ》るところ見たことある？」

マチが話しかけてきた。

「太陽が？」

「うん、夜明けだよ。お日様が昇って夜が明けるところ、日の出」

「ないよ。そんな早起きしたことない」

急に何を言い出すんだろう。でも言われてみれば見たことがない。夏休みのラジオ体操へ行くときは、もう日が昇っていたし、お正月の初日の出も見たことがない。

「私はあるよ、何回も。夜中に家から放り出されてさ、そのままあちこちさまよっているうちに夜が明けてきて目にしたこともあるし、ひとりで草の上に寝転びながら見たこともある」

「えっ、なんでっ」

看護学生が話していたことが蘇《よみがえ》る。

——虐待も受けてたんでしょ、実の母親に——

まさか、本当だったの？

「私が悪かったんだよ、多分。でも綺麗なんだよ、夜が明けていくのって。だんだん空が明るくなってきて、遠い山の向こうから陽《ひ》の光が見えた瞬間、その光がまっすぐ自分のところへ届くんだ。明日見てみない？」

マチがどうしてそんなことを言い出したのかわからなかったが、どこかやけになった気持ちもあった。

だからそれ以上理由も聞かずに「いいよ」と答えていた。

「決まりっ。じゃあ明日の朝ね。今は日の出が六時十分ぐらいだから、その前に目覚ましセットしとくよ。この部屋からでもいいんだけどさ、できれば外で見たいんだよね。東側にある非常階段の、あそこから見るのがいいと思うんだ。扉《とびら》は内側から鍵《かぎ》が開くし」

「でも大丈夫かな？　看護婦さんに見つかったら怒られるんじゃない？」

そう言いながら少しワクワクしていた。

「大丈夫だよ、七時の検温までに戻ってくれれば。実は私、これまでにも何度かひとりでしたことがあるんだよね、だから大丈夫」

「えっ、いつ？」

「ぶーさんが来る前だよ。だから任せて」

マチの声で起こされる。カーテンの隙間から見える外はまだ青い闇だ。

「大丈夫？　行ける？」

「うん、大丈夫だよ」

靴下《くつした》をはき、ガウンを羽織って看護婦さんに気づかれないよう細心の注意を払《はら》い、非常階段の扉の前まで行く。マチが鍵を回し音がしないように鉄の扉をそうっと開ける。

晩秋の朝の空気は冷え冷えしていて、思わず身をすくめる。枯葉《かれは》を焚《た》いたような匂いがした。

階段に並んで座る。

あたりはまだ夜の気配の強い瑠璃色《るりいろ》だった。街も遠くに見える山々も。

空には三日月が掛かっていた。この時間に月を見るのも初めてだった。明け方の月は震《ふる》えるように心細く輝いていた。

夜明けを待ちきれないかのような小鳥のさえずりが絶えず聞こえる。少しずつ瑠璃色が薄くなり、空が明るくなってきた。

「来るよ」

マチがそう言うのとほぼ同時に、群青《ぐんじょう》の山の連なりの向こうから、裂《さ》くような光に射られる。眩《まぶ》しさに目を閉じる。

瞼《まぶた》の裏に、全身に光を感じる。うっすら目を開ける。朝日が、街を、人の暮らしを照らす。すべてのものの輪郭《りんかく》を際立たせる。夜が明けてゆく。

朝だ。朝が来たのだ。

鳥の鳴き声が一層忙《せわ》しくなる。光で満たされていく。体の細胞《さいぼう》のひとつひとつに光が宿るようだった。マチを見ると陽の光を受け頬《ほお》が薔薇《ばら》色に輝いている。

「朝日が昇れば、まっさらな一日が始まる。今ここから新しく始まるんだよ。何もかも」

マチの言葉に頷きながら、深呼吸して光を浴びる。受け止める。

「私の病気はね、何万人に一人とかいうとっても珍《めずら》しいやつなんだって。よりによってなんで私がって思うけど、でもその確率と同じくらいの幸運がこの先待ち受けてるんじゃないかって思うんだ。何万人に一人のアンラッキーにぶち当たったんだから、今度は同じくらいの確率の幸運を手にしなくちゃ人生の帳尻《ちょうじり》が合わないよ。そうでしょ、神様。今はアンラッキーの先払いをしてるんだよ、私もぶーさんも。だからこの先もういいことしか起こらないから。このツケはしっかり覚えてて、あとでちゃんと神様から回収してやるんだよ、必ず」

マチが私の手を握《にぎ》った。熱い血を感じる手のひらだった。

私はそこで入院してから初めて泣いた。涙《なみだ》が溢《あふ》れ出て止まらなかった。

「夜を越えて行くんだよ」

マチの手に力が入った。答える代わりに強く握り返した。


検温の始まる前に病室に戻ってこられた。看護婦さんには気づかれなかったようだ。私の退院が決まったのはその日だった。マチの退院はもうしばらく先になりそうだった。退院の日、看護婦さんがポラロイドカメラでふたりの写真を撮《と》ってくれた。

「こうして見ると、本当に姉妹みたいね」

写真を手渡《てわた》しながら言われた。そこには笑顔で頬を寄せ合う私とマチがいた。

「手紙書くから、住所教えて」

メールもラインもない時代だった。手紙は連絡《れんらく》手段の王道だった。

「あ、私、今の家、引っ越しするかもしんなくて」

マチが足元に視線を落とす。

「じゃあ私の住所を書いて渡しとくね。だからそっちから手紙頂戴《ちょうだい》」

「うん、わかった、必ず書くよ」

「約束だよ」

「うん、姉と妹の約束だね」

それが最後の会話だった。


それから春に小学校を卒業し、中学に入学した。

若さの生命力か、体は順調に回復し、運動部に入れるほどになった。

中一の秋、月の美しい頃に、ようやくマチから手紙が来た。私たちが出会ってからちょうど一年が経っていた。封筒《ふうとう》は私があげた『ちゃお』の付録だったから、郵便受けにそれを見つけたとき、誰からかすぐにわかった。封筒の裏に書かれていた住所は、私の町からはかなり離れた県境のものだった。『つくしっ子ハウス』とあった。

手紙には、事情があって今施設で暮らしていること、そこにはたくさん子供がいて毎日楽しく暮らしていること、体もすっかりよくなって元気になったこと、中学では陸上部に入ったこと、『つくしっ子ハウス』でも時々からあげが出るけど、病院で私からもらったからあげのほうが美味しかったことが書かれていた。

それから何回か手紙のやり取りが続いた。遠いとは言え同じ県内なのに、会いに行こうとは思わなかったし、マチも「会おう」と言ってこなかった。会いにいけないことはなかったが、私が『つくしっ子ハウス』に訪ねていったところで、マチは喜ばないような気がした。私も施設にいるマチにどう接していいかわからなかったのだ。会えばどうしたって、なぜ施設に入っているか触《ふ》れないわけにはいかない。

そんなふうに思っているうちに季節は過ぎ、中学を卒業する頃、マチから届いた手紙には、ハウスを出て働くとあった。どんな仕事なのかは書かれていなかった。だからしばらくまた向こうからの手紙を待っていたが、それから一年過ぎても音沙汰《おとさた》がなかった。案じていると春の終わりに葉書が届いた。菜の花畑の絵葉書だった。消印は千葉市内だったが、住所は書かれていなかった。書き忘れたのではなく、書かなかったのだと思った。裏面にも何も書き添《そ》えられていなかった。ただ一面に広がる菜の花畑の輝くような黄金色は、あの日ふたりで見た陽の光を連想させた。

マチ、今どうしている？　どこにいるの？

何度心の中で語りかけただろうか。

あれから随分歳月《さいげつ》が流れて私たちも、もうすっかり大人、というかおばさんになってしまったね。

私は結局、河合さんのような薬剤師にはなれなかったけど、結婚して子供にも恵《めぐ》まれた。

マチのお気に入りのからあげを作った祖母は、癌《がん》になり晩年は長患《ながわずら》いして最後は病院で亡くなったよ。お産と虫歯以外で医者にかかったことがないのが自慢の人だったのにね。

でも子育てをあの年齢でまたやらなければならないのは相当に大変なことで、祖母なりに一生懸命《いっしょうけんめい》やってくれたことには感謝している。そう思えるほどには大人になった。

父は定年後すっかりいいおじいちゃんになって、孫をとても可愛がってくれた。もう亡くなったけどね。父も祖母も遠くへ行ってしまった。

マチが言ったような、いいことばかりってわけにはいかなかったけど、いいことも確かにあったよ。

子供は娘《むすめ》がひとり、名前は光る千の陽と書いて「みちよ」って読むの。自分がひらがなの名前だったから、子供にはフルで漢字を使いたかったってわけでもないんだけどね。これはあのとき、私たちを包み込んだ千の陽の光だよ。私にとって子供は光。眩しく輝く光の子。私を陽の差す明るい場所へ連れて行ってくれる。千は真千子の千でもあるんだよ。

これは今度会ったときに伝えたいと思ってる。

赤ちゃんってなぜか、じっと人の顔を見つめていることがある。光千陽が赤ちゃんの頃もよくそうしていることがあって、そのたびはっとさせられた。マチの目を思い起こして。薄闇の中で私をじっと見ていたあの黒々とした瞳。語らないはずなのに、何より雄弁《ゆうべん》で、悲しみをたたえたあの瞳。たまらなくなって抱《だ》きしめると、これは私だと思った。そしてマチだと。昔、こんなふうにされたかった私たちなんだと。愛し子《いとご》の匂いを嗅《か》ぎ、体温を感じながら、私は遠い昔の哀《かな》しい子供だった私たちを抱きしめる。生まれたときは、みんな誰かの愛し子だったはずなのに。

子供を産んで育てるようになってから、夜をひとりぼっちでさまよう幼いマチの後ろ姿、震える薄い肩《かた》を頻繁《ひんぱん》に思い浮かべるようになった。その姿を思うと、今すぐに駆《か》け寄って強く抱きしめたくなる。「私の愛し子」と言って。子供の頃より大人になってからのほうが、マチのことをより強く思い出す。

あれから私は母親に一度も会っていない。マチはどう？　私たちは本当の姉妹じゃなかったけど、よく似ていたと思う。愛されたい思いをずっと抱えて生きてきた。この思いが届くことはなかったけれど。

幼子を抱きしめるたび思った。

どうしてこのぬくもりを手放してしまったの？

愛しいと思った気持ちはどこへ行ってしまうの？

人の暮らしは煩雑《はんざつ》で、いろんな背景やそれぞれの事情があるというのは理解できる。

それくらいには大人になった。時が流れたのだ。

それでも愛されたかったですよ、お母さん。今でも。

叫《さけ》びはいつも夜の果てに消えていく。

——夜を越えて行くんだよ——

誰かを責めることは簡単で、自分もラクになるけれど、それをしたところで虚《むな》しいだけ。

これからもこの飢えを抱えたまま生きるしかない。何度夜の深い闇に沈《しず》んでも。その夜を越えて。

過去を忘れようと努力し、自分ではそうしたつもりでも、誰も過去から完全に逃れることはできない。

振り向けばそこにある影法師《かげぼうし》のように、切り離すことはできない。ついてまわる。いつまでも。その人が滅《めっ》するまで。

けれど朝日が昇ればまっさらな一日。新しい今日。陽の光の中跪《ひざまず》いた私は、赦《ゆる》しを知る。マチはあれからいくつ夜を越えた？　神様のツケはもう回収できた？　何万分の一かの幸運は手にした？

どこにいてもマチが笑っていいてくれていたら、いいなと思う。今この手元にあるポラロイド写真のマチのように。

あれからたくさんの月日が経ったけれど、あの美しい夜明けをふたりで見た非常階段に、いつでも帰っていく気がする。

ずっと離れていても、私はきっとわかるよ、マチのことが。いつも思っているから。思うことは祈《いの》ること。祖母は何かと言うと、仏壇《ぶつだん》の前で手を合わせてブツブツ唱えていたけれど、私にとっての祈りはその人を思うこと。思いを馳《は》せること。どうか幸せで心穏《おだ》やかな日々を送っていて欲しい、と。

この先、会えても会えなくても、この思いは変わらない。男女の愛は月のように満ち欠けがあるけれど、私たちの愛は太陽のように変わらない。永遠に。

そう思っている。ずっと祈っている。

装画
樋上公実子

装丁
山下知子

※本作品は、すべて書き下ろしです。

※本作品はフィクションであり、
登場する人物・団体・事件等はすべて架空のものです。

鈴木るりか（すずき・るりか）

2003年10月17日東京都生まれ。小学4年、5年、6年時に3年連続で、小学館主催の『12歳の文学賞』大賞を受賞。2017年10月、14歳の誕生日に『さよなら、田中さん』でデビュー。10万部を超えるベストセラーに。韓国や台湾でも翻訳される。以降毎年誕生日に、2018年2作目の連作短編集『14歳、明日の時間割』、2019年、本作品の前編となる『太陽はひとりぼっち』を刊行。現在、都内私立女子高校二年生在学中。

編集　片江佳葉子

私を月に連れてって

二〇二〇年十一月二十二日　初版第一刷発行

著者　鈴木るりか
発行者　飯田昌宏
発行所　株式会社小学館
〒一〇一-八〇〇一　東京都千代田区一ツ橋二-三-一
編集〇三-三二三〇-五八二七　販売〇三-五二八一-三五五五
DTP　株式会社昭和ブライト
印刷所　大日本印刷株式会社
製本所　牧製本印刷株式会社

ISBN 978-4-09-386600-2